भीष्म साहनी

जन्म : 8 अगस्त, 1915 को रावलपिंडी (पाकिस्तान) में।

शिक्षा : हिन्दी-संस्कृत की प्रारम्भिक शिक्षा घर में। स्कूल में उर्दू और अंग्रेजी। गवर्नमेंट कॉलेज, लाहौर से अंग्रेजी साहित्य में एम.ए., फिर पंजाब विश्वविद्यालय से पी-एच.डी.।

बँटवारे से पूर्व थोड़ा व्यापार, साथ-ही-साथ मानद (ऑनरेरी) अध्यापन। बँटवारे के बाद पत्रकारिता, 'इप्टा' नाटक मंडली में काम, बंबई में बेकारी। फिर अम्बाला में एक कॉलेज में तथा खालसा कॉलेज, अमृतसर में अध्यापन। तत्पश्चात् स्थायी रूप से दिल्ली विश्वविद्यालय के ज़ाकिर हुसैन कॉलेज में साहित्य का प्राध्यापन। इस बीच लगभग सात वर्ष 'विदेशी भाषा प्रकाशन गृह', मॉस्को में अनुवादक के रूप में कार्य। अपने इस प्रवासकाल में उन्होंने रूसी भाषा का यथेष्ट अध्ययन और लगभग दो दर्जन रूसी पुस्तकों का अनुवाद किया। क़रीब ढाई साल 'नई कहानियाँ' का सौजन्य-सम्पादन। 'प्रगतिशील लेखक संघ' तथा 'अफ्रो-एशियाई लेखक संघ' से भी सम्बद्ध रहे।

प्रकाशित पुस्तकें : *भाग्यरेखा, पहला पाठ, भटकती राख, पटरियाँ, वाङ्चू, शोभायात्रा, निशाचर, पाली, डायन, चीलें* (कहानी-संग्रह); *झरोखे, कड़ियाँ, तमस, बसंती, मय्यादास की माड़ी, कुंतो, नीलू नीलिमा नीलोफ़र* (उपन्यास); *माधवी, हानूश, कबिरा खड़ा बज़ार में, मुआवजे, सम्पूर्ण नाटक* (दो खंडों में) (नाटक); *आज के अतीत* (आत्मकथा); *गुलेल का खेल* (बालोपयोगी कहानियाँ)।

सम्मान : अन्य पुरस्कारों के अलावा *तमस* के लिए 'साहित्य अकादमी पुरस्कार' तथा हिन्दी अकादमी, दिल्ली का 'शलाका सम्मान'।

साहित्य अकादमी के महत्तर सदस्य रहे।

निधन : 11 जुलाई, 2003

चीलें

भीष्म साहनी

संकलन
कल्पना साहनी

राजकमल पेपरबैक्स

राजकमल पेपरबैक्स में
पहला संस्करण : 2016
दूसरा संस्करण : 2019

राजकमल पेपरबैक्स : उत्कृष्ट साहित्य के जनसुलभ संस्करण

राजकमल प्रकाशन प्रा. लि.
1-बी, नेताजी सुभाष मार्ग, दरियागंज
नई दिल्ली-110 002
द्वारा प्रकाशित

शाखाएँ : अशोक राजपथ, साइंस कॉलेज के सामने, पटना-800 006
पहली मंजिल, दरबारी बिल्डिंग, महात्मा गांधी मार्ग, इलाहाबाद-211 001
36 ए, शेक्सपियर सरणी, कोलकाता-700 017

वेबसाइट : www.rajkamalprakashan.com
ई-मेल : info@rajkamalprakashan.com

बी.के. ऑफसेट
नवीन शाहदरा, दिल्ली-110 032
द्वारा मुद्रित

मूल्य : ₹ 150

CHEELEN
Stories by Bhishma Sahni

ISBN : 978-81-267-2816-9

चीलें

अनुक्रम

मैं भी दीया जलाऊँगा, माँ!

उसने जो क़िस्सा सुनाया, वह मनगढ़न्त था। और सुनाते हुए, मैं सोचता हूँ, वह ख़ुद भी जानता था कि वह मनगढ़न्त क़िस्सा सुना रहा है। पर उसे सुनाते हुए कभी-कभी उसका गला रुँधने लगता, और उसकी आवाज़ काँप-काँप जाती थी। तभी मैंने जाना कि झूठ होते हुए भी कुछ था जो उसके दिल को बाँधता था, मानो उसमें छिपी किसी अन्य सचाई की झलक मिल रही हो! सच पूछो तो उसे सुनते हुए मैं स्वयं उद्विग्न-सा महसूस करने लगा था। क्या मालूम, वह घटना सच्ची ही रही हो!

घटना पाँचेक साल के एक बच्चे को लेकर थी और उन दिनों घटी थी जब गुजरात में नरसंहार चल रहा था। अपना क़िस्सा सुनाते हुए वह कह रहा था, ''उस रात जब नन्हे शाहिद की मृत्यु हुई, वह सपना देख रहा था। देख ही नहीं रहा था, उसकी आँखों के सामने उसका सपना मानो साकार हो रहा था। वह स्वयं अपने सपने को चरितार्थ होता देख रहा था और उसमें स्वयं भाग ले पाने के लिए बेचैन हो रहा था।''

पर था तो वह सपना ही और सपने कब खुली-अधखुली आँखों के सामने साकार होते हैं, सपने तो सपनों में साकार होते हैं।

यों, पिछली शाम से ही नन्हे शाहिद का सपना आकार ग्रहण करने लगा था, जब वह अपनी माँ का हाथ पकड़े अपनी कोठरी के बाहर खड़ा था और उसकी माँ, कोठरी के बाहर, बस्ती के बड़े आँगन में, शहर से आनेवाली किसी बीबी के साथ बतिया रही थी। नन्हा शाहिद कभी माँ के मुँह की ओर और कभी शहर से आनेवाली उस बीबी के चेहरे की ओर देख रहा था।

अहमदाबाद में साम्प्रदायिक हिंसा का पहला झटका किसी भूचाल के पहले झटके की तरह, शहर-भर को झकझोर जाने के बाद थम चुका था। लगता था, उस झटके के बाद शहर सँभल जाएगा। मानो हिंसा के जन्तु ने चीर-फाड़ के बाद अपने पंजे खींच लिये हों!

पहला विस्फोट तीन दिन तक रहा था। तीन दिन के बाद अब स्थिति में स्थिरता-सी आने लगी थी। कहीं-कहीं पर दुकानें खुलने लगी थीं, इक्का-दुक्का लोग दाएँ-बाएँ झाँकते हुए, घरों के बाहर निकलने लगे थे। हम सब घरों में से निकल-निकलकर, जगह-जगह गाँठ बाँधे स्थिति पर विचार कर रहे थे। हवा में आशा और घबराहट तो अभी भी थी पर इस बात की आशा भी थी कि फ़िज़ा बदल जाएगी, कि साम्प्रदायिकता की आग ठंडी पड़ जाएगी। बाहर से भी हमदर्द, हितैषी लोग, समाजसेवी, लेखक, पत्रकार जगह-जगह से पहुँचने लगे थे। इससे भी स्थानीय लोगों को आश्वासन-सा मिलने लगा था। कुछ जानकारी हासिल करने के लिए, कुछ मदद-इमदाद करने के लिए हितचिन्तक, हितैषी लोग आने लगे थे।

एक टूटी-फूटी बस्ती में, शाह आलम की दरगाह के निकट, अब दोपहर, नन्हा शाहिद, अपनी माँ का हाथ पकड़े अपनी कोठरी के बाहर खेल रहा था और उसकी माँ शहर से आनेवाली किसी बीबी के साथ बतिया रही थी।

"हाय, बहन जी," शाहिद की माँ कह रही थी, "शाह आलम की दरगाह तो इधर पास में ही है। हम तो आए-दिन दरगाह में दीया जलाते थे। शाह आलम की दरगाह पर तो दीया जलाना बड़े शबाब का काम है। दरगाह की ज़ियारत करनेवाला हर कोई दीया जलाता है," और नन्हे शाहिद की नज़रें माँ के सूखे-सूखे चेहरे और उसके बालों पर लगी थी।

पर जब माँ बोल चुकी तो शाहिद की नज़रें माँ के चेहरे पर से हटकर उस दूसरी, शहरवाली बीबी के चेहरे पर लग जाती थीं। वह औरत कौन थी, शाहिद नहीं जानता था। उसने उसे पहले कभी नहीं देखा था। पर वह औरत उसकी माँ जैसी नहीं थी। माँ तो फटे-पुराने कपड़े पहने थी, वह औरत तो साफ़-सुथरी, बनी-ठनी थी, चमचम करते धुले हुए कपड़े पहने हुए थी। हँसती थी तो दाँत कैसे चमकते थे! माँ की तो ओढ़नी भी फटी हुई थी जिसमें से उसके सिर के ढेर सारे बाल बाहर को निकल आते थे।

शहरवाली बीबी टकटकी बाँधे, शाहिद की माँ के चेहरे की ओर देखे जा रही थी, "मैंने तो सुना है कि जो कोई फ़र्द शाह आलम की दरगाह पर दीया जलाता है, वह साथ ही साथ नरसी भगत के नाम पर भी दीया जलाता है। क्या यह सच है?"

"हाँ, बहन जी, यही चलन है। शाह आलम के नाम का दीया जलाने से पहले नरसी भगत के नाम का दीया जलाया जाता है।"

"ऐसा क्यों?"

"ऐसी ही रवायत है, बहन जी, हमने ऐसा ही अपने बाप-दादा के मुँह से सुना है। यही चलन है, हमारे बाप-दादा बताते थे। दोनों पहुँचे हुए ख़ुदा के बन्दे थे। दोनों पहुँचे हुए पीर-फ़क़ीर थे। दोनों एक-दूसरे को बहुत मानते थे—शाह आलम भी और नरसी भगत भी।"

"यह कब की बात है?" शहरवाली बीबी ने पूछा।

"ख़ुदा ख़बर, कब की बात है जी, हम तो छुटपन से दोनों का नाम सुनते आ रहे हैं कि ज़ियारत पर आनेवाला हर फ़र्द दो दीये जलाता है—पहला नरसी भगत के नाम पर, दूसरा शाह आलम के नाम पर।" यह कहते हुए शाहिद की माँ झट से बताने लगी थी, "हमारे दादा तो बताया करते थे कि दोनों एक-दूसरे का बड़ा एहतराम करते थे। एक दिन नरसी भगत ने शाह आलम से कहा कि 'भाईजान, हमारे दिल तो एक तार में बँधे हैं, पर जब हम लोग दुनिया में नहीं रहेंगे तो लोग हमारी मोहब्बत, उर्स को क्योंकर याद करेंगे?' इस पर शाह आलम ने कहा—ऐसा हमारे दादा बताते थे, 'नरसी भगत, तुमने ठीक कहा है। आज से जो ख़ुदा का बन्दा मेरे नाम से दीया जलाएगा, वह ईद से पहले, तुम्हारे नाम का दीया रौशन करेगा। हमारे और तुम्हारे, दोनों के नाम से दीये रौशन करेगा। हमारे और तुम्हारे, दोनों के नाम से दीये जलाए जाएँगे।' तब से यही चलन है, बहन जी...।"

इस पर, शहर से आनेवाली बीबी, क़लम हाथ में लेकर काग़ज़ पर कुछ लिखती रही थी, "उर्स के दिन तो ज़ियारत करनेवाला हर फ़र्द दो दीये जलाता है। पास ही में तो नरसी भगत का स्थान भी है। तब यहाँ लोगों की भीड़ लग जाती है। और दीयों की ऐसी जगमग-जगमग होती है कि क्या बताऊँ! दीये ही दीये...।"

शाहिद सुन रहा था और तभी उसके हाथ में कँपकँपी-सी हुई थी मानो उसका हाथ दीया जलाने के लिए मचल उठा हो!

"हमारे दादा तो हर शाम दो दीये दरगाह पर जलाते थे। शाम के साये उतरने लगते तो वह दीये लेकर चल पड़ते। घर से निकलते ही कहते, 'या अल्लाह! कुल की ख़ैर, कुल का भला!' यह कहते हुए जाते, यही कहते हुए लौटते।"

शहर से आनेवाली बीबी, सिर हिलाती हुई माँ की बातें सुनती और काग़ज़ पर लिखती जाती।

"अब तो तबाही ही तबाही है, बहन, जी," शाहिद की माँ ने कहा था। थोड़ी देर तक दोनों चुपचाप खड़ी रही थीं। शाम के साये उतरने लगे थे, लोग अपनी कोठरियों की ओर जाने लगे थे। शहर से आनेवाली बीबी ने तभी यह कहते हुए, 'ख़ुदा तुम्हें और तुम्हारे बेटे को सलामत रखे,' एक छोटी-सी गठरी माँ के हाथों में दी थी।

"कुछ कपड़े हैं। तुम्हारे काम आएँगे।" फिर उसने शाहिद के सिर पर भी हाथ फेरा था और बस्ती का मैदान लाँघने लगी थी।

वह औरत चली गई तो अपनी कोठरी की ओर लौटते हुए शाहिद मचलकर बोला, "माँ, अबकी बार मैं भी दीया जलाऊँगा। हाँ, माँ! अबकी मैं भी दीया जलाऊँगा।"

इस बार माँ ने शाहिद का नन्हा-सा हाथ अपनी मुट्ठी में दबाते हुए कहा था, "अल्लाह रहम करे, तुम भी दीया जलाना, बेटा," और कहते हुए माँ की आवाज़ काँप गई थी।

"माँ, मैं भी दो दीये जलाऊँगा। मैं भी कहूँगा—कुल की ख़ैर, कुल का भला।"

शाहिद को लग रहा था, जैसे वह किसी मेले में जाने की तैयारी कर रहा है। और माँ ने थकी-सी आवाज़ में कहा था, "हाँ-हाँ, तुम भी दो दीये जलाना।" और शाहिद के सिर पर हाथ फेरती रही थी।

"तुम भी जलाना, मैं भी जलाऊँगा।" शाहिद ने बड़ी उत्सुकता से कहा था।

जब शाहिद बार-बार इज़हार करने लगा तो उसकी माँ खीज उठी, "क्या रट लगाए जा रहा है! ले चलूँगी, जब वक़्त आएगा।"

उस दिन, अँधेरा उतरने से पहले, कुछ लोग उनकी कोठरी में आ गए थे। शाहिद की मौसी, मौसा जी, नानी-माँ। माँ ने शाहिद से कहा था, हिफ़ाज़त के लिए आ गए हैं। पर शाहिद नहीं मानता था—'हिफ़ाज़त' क्या होती है?

वे लोग देर तक धीमे-धीमे बतियाते रहे थे। कभी-कभी शाहिद की माँ की आवाज़ सुनाई पड़ती।

"अल्लाह ख़ैर करे, कल तक दुकानें खुल जाएँगी," माँ कह रही थी। "अमन-चैन लौट आएगा।" इसी बीच शाहिद गहरी नींद सो गया था।

पर रात के ही किसी पहर में, बाहर की ओर से तरह-तरह की आवाज़ें सुनाई पड़ने लगीं। और कोठरी में लोग उठ बैठे थे। कभी उन्हें लगता, आवाज़ें दूर से आ रही हैं। कभी लगता, कहीं नज़दीक से ही आ रही हैं। वातावरण शान्त हो जाता, कभी जैसे धड़कने लगता। कोठरी के अन्दर घुप्प अँधेरा था। कोठरी का दरवाज़ा बन्द था और टिमटिमाता दीया बुझा दिया गया था। कोठरी की एकमात्र खिड़की के पीछे अँधेरा ही अँधेरा था।

बाहर से आनेवाली आवाज़ें, पहले की ही तरह, कभी दूर से आती जान पड़तीं, कभी नज़दीक से। धीरे-धीरे ये आवाज़ें नन्हे शाहिद की नींद में घुलने-मिलने लगीं।

बाहर की आवाज़ें ऊँची उठने लगी थीं। शाहिद की नींद टूटी जब नानी-माँ के मुँह से निकला, "या अल्लाह, ख़ैर कर!"

तभी कहीं खटका हुआ था। तभी वह घटना भी घटी थी जो सचाई और सपने के बीच झूल रही थी। तभी नन्हे शाहिद को लगने लगा था, जैसे उर्स आ गया है और सभी लोग दीये जलाने की तैयारी में लग गए हैं।

तभी बाहर से भी आवाज़ें आने लगी थीं। माँ ठीक कहती थी—सारा शहर नरसी भगत और शाह आलम की दरगाह की ओर जाने लगता है। शाहिद को भी लगा, जैसे लोगों के क़दम उन स्थलों की ओर तेज़ी से बढ़ रहे हैं। और सभी दीये जलाने जा रहे हैं। मेले का-सा दिन आ पहुँचा है। और उसे लगा, जैसे खिड़की के बाहर रोशनी फैलने लगी है।

खिड़की के पीछे सचमुच रोशनी थी, लौ दिखाई पड़ने लगी थी। शाहिद उठकर बैठ गया था। उर्स शुरू हो गया है, लोग दरगाह पर दीये जलाने लगे हैं।

तभी कोठरी में दुबककर बैठे लोगों में से किसी ने हल्के से कोठरी का बन्द दरवाज़ा थोड़ा-सा खोल दिया, इस बात का अन्दाज़ लगा पाने के लिए कि रोशनी कहाँ से आ रही है। जिस पर नन्हे शाहिद की आँखें चुँधिया गई थीं और यह सोचकर कि दीया जलाने का वक़्त निकलता जा रहा है, वह

खाट पर से उठकर भागता हुआ दरवाज़े की ओर चल पड़ा। माँ मुझे बुला क्यों नहीं रही है? माँ, मैं भी दीया जलाऊँगा। माँ कहाँ है? माँ मुझे छोड़कर पहले ही दीया जलाने बाहर चली गई है?

और वह अधखुले दरवाज़े में से बाहर निकल गया था। पर उसी वक़्त बाहर से आनेवाली आवाज़ें ऊँची उठने लगी थीं, और टूटी-फूटी कोठरियों की इस बस्ती की ओर ललकारती हुई बढ़ती आ रही थीं, जबकि नन्हा शाहिद उर्स में दीया जलाने जा रहा था।

[*काँची*, मई-अक्टूबर, 2003]

कुराह

डॉ. नरेन्द्र सिंह से मेरी पहली मुलाक़ात मेरे मन पर अनूठा प्रभाव छोड़ गई थी। उन दिनों मैं विदेश में रह रहा था और कुछ समय के लिए दिल्ली आया था। घर में पिताजी बीमार थे। मेरे भाई को, जो स्वयं बम्बई में रहते थे, पिताजी के स्वास्थ्य की चिन्ता रहती थी, परन्तु वह बार-बार दिल्ली नहीं आ सकते थे, इसलिए पिताजी की चिकित्सा-सेवा का प्रबन्ध उन्होंने डॉ. नरेन्द्र सिंह से कर रखा था। डॉक्टर नरेन्द्र सिंह दिल्ली में हमारे ही मुहल्ले में रहते थे—घर के पास ही। मार्केट में उनका क्लीनिक था। उम्र में भी वह मेरे भाई की उम्र के ही रहे होंगे।

दिल्ली पहुँचने के दूसरे दिन प्रातः ही डॉक्टर साहब से भेंट हो गई। उन्हें मेरे भाई की ओर से पूर्व सूचना मिल चुकी होगी, इसलिए वह सुबह-सवेरे ही मेरे घर पर पहुँच गए थे।

मैं नीचे उतरा। वह फाटक के पास खड़े मेरी राह देख रहे थे।

"आपने सुबह-सवेरे कष्ट किया, डॉक्टर साहब, मैं थोड़ी देर बाद आपके घर पर आने ही वाला था।"

"मुझे आपके पिताजी को देखने आना ही था," डॉक्टर ने कहा, "मैं केवल थोड़ा जल्दी चला आया," फिर सहसा हँसकर बोले, "यों ऐसा होता नहीं है कि डॉक्टर पहलक़दमी करे और मरीज़ के घर स्वयं पहुँच जाए। उसकी पोज़ीशन तो यही कहती है कि मरीज़ के घर से उसे कोई व्यक्ति लेने आए, क्यों जी ?"

डॉक्टर हँसमुख, मिलनसार व्यक्ति निकले। वास्तव में बरसों तक विदेश में रहने के कारण मेरे मन पर डॉक्टरों की छवि कुछ अलग-सी बन गई थी।

वहाँ के डॉक्टर थोड़ा बोलनेवाले, काम से मतलब रखनेवाले, उनके हाव-भाव में एक तरह की दूरी बनी रहती थी।

डॉक्टर के स्वभाव में खुलापन था, दोस्ताना अन्दाज़ में बात करते, पर कुछ-कुछ चौंकाते भी थे। डॉक्टर के हाव-भाव में थोड़ी दूरी बनी रहे तो वह अधिक विश्वसनीय लगता है।

हम फाटक लाँघकर घर के अन्दर चले आए। वहीं खड़े-खड़े मुझे पिताजी के स्वास्थ्य की स्थिति का ब्यौरा देते रहे। कौन-सी बातों में एहतियात बरतने की ज़रूरत है, उनकी स्थिति कैसी है, आदि-आदि।

पिताजी से भी वह बड़ी आत्मीयता से मिले। उनकी खाट की पाटी पर बैठकर ही उनका अहवाल पूछते रहे और तरह-तरह के आश्वासन दिये। मुझे यह आत्मीयता बड़ी अच्छी लगी।

डॉक्टर के इस अपनेपन से प्रभावित होने पर मुझे ख़याल आया कि क्यों न मैं अपने बेटे का गला डॉक्टर साहब को दिखा दूँ! वह रात-भर खाँसता रहा था। मुझे पहले भी इसका ख़याल आया था, पर यह सोचकर कि इस मौक़े पर उसे दिखाना शायद डॉक्टर को अच्छा न लगे, मैंने ख़याल छोड़ दिया था।

पर फिर मैंने, अवसर से लाभ उठाते हुए,बेटे को ऊपर से मँगवा लिया और डॉक्टर साहब से अनुरोध किया कि उसका गला भी देख लें।

और डॉक्टर ने बड़े स्वाभाविक ढंग से, बड़े दुलार के साथ बच्चे को देखा और मेरी पत्नी को, जो बच्चे को लेकर चली आई थी, उपचार समझा दिया। डॉक्टर मेरी पत्नी के साथ भी बड़ी आत्मीयता से बात करते रहे।

कुछ समय बाद जब डॉक्टर के घर लौटने का वक़्त आया और मैं उन्हें फाटक तक छोड़ने गया तो उसूल के मुताबिक़ मैंने कुछ रक़म, बड़ी विनम्रता के साथ, डॉक्टर की मुट्ठी में रख दी।

"यह आप क्या कर रहे हैं? आपके भाई मुझे सब कुछ दे गए हैं।"

"यह पिताजी की फ़ीस नहीं है, यह बेटे को दिखाने की फ़ीस है।"

"क्या बेटे भी मरीज़ होते हैं?" डॉक्टर ने कहा।

मैं थोड़ा हैरान-सा हुआ। "मरीज़ तो मरीज़ ही होते हैं, डॉक्टर साहब," मैंने अपना आग्रह दोहराते हुए कहा।

इस पर डॉक्टर नरेन्द्र सिंह ने अजीब हरकत की। अपनी ढीली-ढाली पतलून की जेब में हाथ डाला और एक पुलिन्दा नोटों का निकाल लाए।

“मेरे पास बहुत पैसे हैं, आप चिन्ता न करें।”

मुझे अचम्भा हुआ। ऐसा व्यवहार करते हुए मैंने किसी डॉक्टर को नहीं देखा था।

तभी मेरी नज़र डॉक्टर के डील-डौल पर पड़ी। नीचे जूतों का रंग-रोगन उड़ा हुआ, पतूलन ऐसी कि लगता, डॉक्टर उसी को पहने रात को सो भी जाते होंगे, दाढ़ी भी बहुत कुछ उलझी हुई। उन्हें इस हालत में सुबह-सुबह मेरे घर आने की क्या ज़रूरत थी? कोट के ऊपरी पॉकेट में से स्टेथेस्कोप की डंडियाँ बाहर की ओर झाँक रही थीं।

पर इस पहली मुलाक़ात से मुझे डॉक्टर के हाव-भाव की कुछ झलक तो मिली। उनके व्यवहार में आत्मीयता थी, पर उसमें दुनियादारी का अंश कितना था और सहृदयता का कितना, कहना कठिन था। हाँ, मैं उनके साथ खुलकर बात कर सकता था। हमारे बीच औपचारिकता की दूरी नहीं होगी, यही बहुत था। ऐसे आदमी के साथ खुलकर बात की जा सकती थी। उनकी ओर से एक प्रकार की सदाशयता का भाव बना रहता है। हालाँकि विदेश में रहने के बाद वहाँ के डॉक्टरों को देखने के बाद, अपने देश में प्रचलित इस ‘भाईचारा’ जैसे व्यवहार के प्रति मन में शंका-सी उठने लगती थी। विदेश में डॉक्टर भावुकता में सने वाक्य, जैसे—‘क्या बच्चे भी मरीज़ होते हैं?’ नहीं बोलते। न ही जेब में से नोटों का पुलिन्दा निकालकर कोई डॉक्टर दिखाता है। उनकी दिनचर्या नियमित होती है। उसमें ‘बेतकल्लुफ़ी’ या ‘भावुकता’ का लेशमात्र भी नहीं होता।

धीरे-धीरे हम एक-दूसरे के साथ खुलने लगे थे। वह पिताजी को देखने दो दिन में एक बार आते थे—अक्सर शाम को अपना क्लीनिक बन्द करने के बाद। यदि ज़रूरी होता तो मेरे टेलीफ़ोन करने पर जल्दी पहुँच जाते। पिताजी की सेहत-तन्दुरुस्ती को छोड़कर हम गाहे-बगाहे इधर-उधर की चर्चा करने लगते : मास्को कैसा शहर है? वहाँ की चिकित्सा-प्रणाली कैसी है?

मैं सुनाने लगता तो वह बच्चों की तरह सिर हिलाते हुए कहते जाते, ‘अच्छा जी! क्या सच? वाह, वाह! अच्छा जी?’ बिलकुल बच्चों जैसी उत्सुकता के साथ, मानो मैं किसी कौतुक या चमत्कार की चर्चा कर रहा हूँ!

"अच्छा जी! वहाँ हर मुहल्ले में डॉक्टर बैठता है? हर मुहल्ले में चिकित्सा-केन्द्र है?"

मैंने डॉक्टर के व्यवहार में एक और बात भी देखी। पिताजी को देखने के बाद जब हम लोग घर में से बाहर निकलते और डॉक्टर को कोई मामूली-सी बात भी समझानी होती तो वह मेरे कन्धे पर हाथ रखकर, मुझे धीरे-धीरे धकेलते हुए सड़क के पार ले जाते और जब तक अपनी बात ख़त्म नहीं कर लेते, उनका हाथ मेरे कन्धे पर बना रहता।

डॉक्टर को बतियाने का शौक़ था और उस समय वह अक्सर अपना क्लीनिक बन्द करके आए होते हैं। उन्हें लौटने की कोई जल्दी नहीं होती—न क्लीनिक में लौटने की, न अपने घर लौटने की।

कभी-कभी मुझे लगता कि वह पिताजी को देखने इतने नहीं जितने मेरे साथ गप्प-शप्प करने के लिए, छोटी-मोटी तफ़रीह के लिए चले आते हैं।

तभी एक दिन एक अप्रत्याशित-सी घटना घटी।

दोपहर का, लगभग चार बजे का समय होगा, जब एक लड़की हमारे घर के बाहर खड़ी बार-बार घंटी बजा रही थी। मैं उस समय पिताजी के ही कमरे में एक कुर्सी पर बैठा ऊँघ रहा था।

घंटी की आवाज़ सुनने पर जब मैंने फाटक खोला तो वह लड़की घबराई हुई-सी आगे बढ़ आई।

"जी, क्या हमारे डॉक्टर यहाँ आए हैं?"

"नहीं तो, आज तो नहीं आए!"

लड़की कुछ देर तक चुप रहने के बाद बोली, "जी, उनका बेटा भी यहाँ नहीं आया?"

मैं चौंका, क्योंकि मैंने अभी तक डॉक्टर साहब के बेटे को देखा तक नहीं था।

पर मैं समझ गया कि लड़की डॉक्टर के घर पर काम करती होगी और डॉक्टर के बेटे को ढूँढ़ने निकली है। और इस अनुमान के साथ कि मुमकिन है, कभी लड़का डॉक्टर के साथ चलता हुआ हमारे घर तक चला आया हो, उसने मेरे घर का दरवाज़ा खटखटाया था।

पता चला कि स्कूल बन्द होने पर लड़की स्वयं उसे स्कूल से लेने जाती

है, पर उस रोज़, पंखे के नीचे सोई लड़की को ऐसी नींद लगी कि उसे वक़्त का पता ही नहीं चला और जब वह हड़बड़ाकर जागी और भागती हुई स्कूल गई तो स्कूल बन्द हो चुका था और डॉक्टर का बेटा कहीं पर भी नज़र नहीं आ रहा था। तब से लड़की जगह-जगह उसे ढूँढ़ती फिर रही थी।

"डॉक्टर साहब कहाँ हैं?" मैंने पूछा।

"वह तो घर पर आए ही नहीं जी। वह सीधा क्लीनिक से ही किसी मरीज़ को देखने चले गए होंगे।"

"क्लीनिक कब खुलेगा?"

"क्लीनिक तो पाँच बजे खुलता है जी।"

"और लड़के की माँ? वह कहाँ पर हैं?"

"उन्होंने भी टेलीफ़ोन कर दिया था जी कि वह देर से आएँगी।"

लड़की घबराई हुई थी। उसके होंठ सूख रहे थे और वह बार-बार चुन्नी के पल्लू से उन्हें पोंछ रही थी।

लड़की के चले जाने के बाद मुझे चिन्ता तो हुई कि न जाने लड़का कहाँ भटक रहा हो, पर चूँकि मैंने अभी तक देखा तक न था और यह न जानते हुए कि गली-मुहल्ले के किन लोगों के साथ डॉक्टर और उनकी पत्नी का उठना-बैठना था, मैं किसी प्रकार की मदद करने की स्थिति में नहीं था। लड़का उस समय, स्वयं ही, न जाने कहाँ-कहाँ, तपती दोपहरी के समय, किन-किन घरों के फाटकों के अन्दर झाँकता हुआ अपने माँ-बाप को खोज रहा था।

लड़की चली गई तो मैंने मन-ही-मन फ़ैसला किया कि पाँच बजते ही, क्लीनिक खुलने पर मैं डॉक्टर से सम्पर्क करूँगा और बच्चे के बारे में पूछूँगा कि क्या स्थिति है। अधिक जानकारी न होते हुए भी मुझे इस घटना ने थोड़ा विचलित किया था।

पाँच बजने पर मैंने टेलीफ़ोन किया तो चोंगा डॉक्टर ने ही उठाया।

"आज दोपहर, आपके घर में काम करनेवाली लड़की आपके बेटे को ढूँढ़ती हुई हमारे घर आई थी।"

"अच्छा जी? उसने मुझे नहीं बताया पर लड़का घर पर पहुँच गया था जी। लड़की उसे ढूँढ़ लाई थी। मार्केट में अंडे-डबलरोटी वाले की दुकान पर बैठा था। आप चिन्ता न करें, कभी-कभी ऐसा हो ही जाता है।"

बड़ी अनहोनी-सी बात थी कि बच्चा स्कूल से आए तो न माँ घर पर

हो, न बाप और घर में काम करनेवाली लड़की बेसुध सोई रहे, और लड़का माँ-बाप को जगह-जगह ढूँढ़ता फिरे! पर सबसे ज़्यादा अचम्भा मुझे यह देखकर हुआ कि डॉक्टर ने कोई विशेष चिन्ता व्यक्त नहीं की, मानो ऐसी घटनाएँ अक्सर घटती रहती हों!

सोचते हुए यह बात, न जाने क्यों, मेरे मन में कौंध गई कि डॉक्टर का गृहस्थ-जीवन सुखी नहीं है।

घर में ज़रूर बच्चे को लेकर तनातनी रहती होगी वरना कौन-सी माँ है, जो स्कूल बन्द होने पर सब काम छोड़कर बच्चे को गले लगा पाने के लिए घर की दहलीज़ पर खड़ी उसकी राह न देख रही हो? या स्वयं उसे स्कूल से लेने न पहुँच जाती हो? और कौन-सा पिता है, जो घर की सुध-बुध लिये बिना, क्लीनिक में से निकलकर सीधा किसी मरीज़ को देखने चला जाए? और डॉक्टर, जो इतने भावुक वृत्ति के हैं, इतनी निःसंग और तटस्थ-सी आवाज़ में कह रहे थे कि ऐसी घटनाएँ तो होती रहती हैं।

बात मेरे मन में अटकी रही। गाहे-बगाहे तरह-तरह के विचार भी मन में उठते रहे। उनका बेटा हर रोज़ तो यों भटकता नहीं रहता होगा? क्या मालूम, डॉक्टर की पत्नी भी कहीं काम करती हो और कभी-कभी स्कूल बन्द होने के समय अपने काम पर से उठ न सकती हो! कभी-कभी मन कल्पना के तोते उड़ाने लगता। यदि पति-पत्नी के बीच मन-मुटाव पाया जाता है तो इसका क्या कारण हो सकता है? क्या लड़का उनका अपना बेटा नहीं है? डॉक्टर का अपनी किसी पहली पत्नी से रहा हो? पर लगता तो नहीं कि डॉक्टर का दूसरा विवाह है। क्या मालूम, डॉक्टर की घरवाली 'खिलन्दरी' तबीयत की औरत हो! अपनी किन्हीं सखी-सहेलियों के साथ मस्त रहती हो! क्या मालूम, कहीं कोई प्रेमी-प्रेमिका का चक्कर ही चल रहा हो! कल्पना के तोते उड़ानेवाले की भावना भले ही बुरी न हो तो भी जब हम अन्य लोगों के बारे में सोचते हैं तो हम उनके व्यवहार में अक्सर दोषों-त्रुटियों को ही ज़्यादा देखना चाहते हैं। मैंने न तो डॉक्टर की पत्नी को अभी तक देखा था, न ही उसके बारे में कुछ जानता था। फिर भी तरह-तरह के क़यास लगा रहा था।

बात कुछ-कुछ तब साफ़ हुई जब एक दिन डॉक्टर घर पर आए हुए थे, और भोजन का समय हो जाने पर मैंने उनसे आग्रह किया कि वह भोजन हमारे साथ ही कर लें।

डॉक्टर मुस्कुराए और मेरे कन्धे पर हाथ रखकर बोले, "आज आपके साथ भोजन करूँगा तो कल आपको खिलाऊँगा भी।"

"हम आपके घर पर भी खाएँगे।" मैंने कहा।

"और अगर मैं न खिला पाऊँ तो?" डॉक्टर ने हँसी-हँसी में कहा।

मेरे बार-बार आग्रह करने पर भी वह नहीं माने। पर जब मैं उन्हें घर के बाहर तक छोड़ने गया तो मेरे कन्धे पर हाथ रखकर मुझे सड़क के पार धकेलते हुए हँसकर बोले, "मेरी घरवाली घर पर रहती ही नहीं, तो वह आपको भोजन क्या खिलाएगी?" फिर मानो अपनी ही बात को काटते हुए बोले, "मेरा अपना भी कोई वेला-वक़्त नहीं है। मैं उसे क्या दोष दूँ? कभी-कभी तो दोपहर को मैं अपने घर पर भी नहीं जा पाता। डॉक्टरी पेशा ही ऐसा है...।"

यह भी सही था। डॉक्टर का अपना कोई वेला-वक़्त नहीं था। और नरेन्द्र सिंह जैसे ढीले-ढाले डॉक्टर का तो हो भी नहीं सकता था।

"डॉक्टरों की बीवियाँ सारा वक़्त उनका इन्तज़ार ही करती रहती हैं।" मेरे मुँह से निकला।

इस पर डॉक्टर झट से बोले, "इन्तज़ार तो उसने एक दिन भी नहीं किया, झूठ क्यों बोलूँ?" फिर, मेरे कन्धे पर हाथ रखकर सड़क के दूसरे किनारे की ओर धकेलते हुए बोले, "वह इन्तज़ार करनेवालों में नहीं। वह इन्तज़ार करवानेवालों में है। मैंने उसके साथ ब्याह करने के लिए दस साल इन्तज़ार किया था।" फिर हँसकर बोले, "और दस दिन में ही उसने मेरी ओर पीठ मोड़ ली थी। वह घर पर बैठ ही नहीं सकती जी। मैं तो स्वयं चाहता हूँ कि आप लोगों को अपने घर पर बुलाऊँ। बस, इस इन्तज़ार में हूँ कि उसे किसी दिन फ़ुर्सत मिले," कहते हुए डॉक्टर हँस दिये।

हमारे दोनों छोटे-छोटे परिवारों के मिल-बैठने का सुअवसर जल्दी ही मिल गया। हम लोग—मेरी पत्नी, बेटा और मैं—एक दोपहर डॉक्टर साहब के यहाँ जा पहुँचे। एक कुशल गृहिणी ने बड़ी सहृदयता से हमारा स्वागत किया। घर, हमारे घर जैसा छोटा ही था, पर लक-दक कर रहा था। साफ़-सुथरे पर्दे, हर चीज़ बड़े करीने से रखी हुई। लगता था, घरवाली ने बड़े चाव से घर को सजा रखा है। डॉक्टर जितने ढीलम-ढालम थे, उनकी पत्नी उतनी ही चुस्त-दुरुस्त निकली।

वहाँ खड़े-खड़े मेरे लिए इस बात का गुमान तक करना कठिन था कि इस घर में कोई तनाव पाया जा सकता है। डॉक्टर की पत्नी सभी काम बड़े धैर्य और सुगढ़ हाथों से कर रही थी, पर उसके चेहरे पर सारा वक़्त एक गम्भीर-सा भाव बना हुआ था। वह धीमी आवाज़ में, घर में काम करनेवाली लड़की को छोटे-छोटे आदेश दे रही थी, जो बड़ी मुस्तैदी से एक-एक चीज़ रसोईघर में से लाकर मेज़ पर रख रही थी। सब काम बड़े सुभीते से चल रहा था। देखकर मुझे मन-ही-मन बड़ी कोफ़्त हुई। मैं बिना कुछ जाने-समझे पति-पत्नी के आपसी जीवन पर तरह-तरह की अटकलें लगाता रहा था।

मैं और डॉक्टर तो एक जगह जा बैठे थे, पर हमारी बीवियाँ, जैसा अक्सर होता है, एक-दूसरी के साथ बतियाने और हँसने-बोलने लगी थीं। उन्हें किसी परिचय की आवश्यकता नहीं होती।

हमारे बेटे, जो क़रीब-क़रीब हमउम्र थे, कमरे के एक ओर फ़र्श पर बैठे 'स्नेक एंड लैडर' का खेल खेल रहे थे।

एक बार मैंने नज़र उठाकर देखा तो डॉक्टर की पत्नी, हाथ में उठाए एक सर्वियेट को मेरी पत्नी को दिखा रही थी, "इस पर भी मैंने काम किया है। शुरू-शुरू में, शादी के बाद ऐसा ही कुछ-न-कुछ करती रहती थी। ऐसे काम में मुझे बड़ा रस मिलता था।" फिर खिड़कियों पर लटकते पर्दों के झालर दिखाने लगी, "ये सब शादी के फ़ौरन बाद की चीज़ें हैं। मैंने यहाँ आकर बनाए थे। यह सब उस ज़माने का काम है।" फिर तनिक गर्व के साथ सिर झटककर बोली, "मैंने इनके बड़े भाई के लिए एक पलंगपोश तैयार किया, जिसमें पूरे तीन महीने लग गए। उसमें हरी-हरी बेलें थीं और जगह-जगह पंख फैलाए तोते थे, और जाने क्या-क्या था, बड़ा सुन्दर।" फिर बड़े चाव से मेरी पत्नी से कहने लगी, "आपके लिए बना दूँ?" फिर स्वयं ही सिर हिलाकर बोली, "हाय, नहीं, अब मुझमें उत्साह नहीं है।"

और एक थके हुए कलाकार की भाँति सिर टेढ़ा किए खड़ी रह गई।

पर जब हम लोग खाना खाने लगे और मैंने अचानक ही घर की सुन्दर सजावट की चर्चा की तो सहसा ही वार्तालाप में तुर्शी आने लगी।

"इसके हाथ में जादू है जी," डॉक्टर कह रहे थे, "इसके हाथ की कढ़ाई देखकर ही मेरी माँ ने इसे छाती से लगा लिया था।"

डॉक्टर की पत्नी ने सुना, पर हल्के से मुँह फेर लिया।

''इन दिनों क्या बनाया है, बहनजी?'' मैंने उत्सुकता से पूछा।

''अब कहाँ बनाती हूँ! बना लिया, जो बनाना था।'' उसने निश्चेष्ट-सी आवाज़ में कहा।

मुझे लगा, मैंने यह सवाल करके भूल कर दी है।

''अब यह मीटिंग करती है जी,'' डॉक्टर ने मज़ाकिया लहजे में कहा।

इस पर डॉक्टर की पत्नी ने फिर से मुँह फेर लिया, पर बोली कुछ नहीं।

मैंने भूल से किसी दुखती रग पर हाथ रख दिया था।

पति-पत्नी के बीच मन-मुटाव, शिकवा-शिकायत तो उनके सामान्य जीवन का अंग होते हैं। बिरले ही आप किसी के घर आएँ और पत्नी बातों-बातों में पति की शिकायत न करे, भले ही हँसी-मज़ाक के लहजे में हो, 'इनके तो जो चीज़ सामने पड़ी हो तो नज़र नहीं आती।' या 'इनकी आपने भली पूछी, इन्हें तो सुरअत नहीं रहती कि आज दिन कौन-सा है और महीना कौन-सा।' स्त्रियाँ अक्सर इस तरह की टिप्पणियाँ करती रहती हैं, पर उनके व्यवहार में, साथ ही साथ पति के प्रति अपनेपन का भाव भी होता है। लगता है, कहीं गहरे में एक-दूसरे के साथ जुड़ते हैं, जहाँ दोनों का जीवन, वर्तमान और भविष्य एक ही धुरे पर चल रहे हों। ऐसी स्थिति में टीका-टिप्पणी का कोई महत्त्व नहीं रह जाता, वह हँसी-खेल की बात बनकर रह जाती है।

यहाँ ऐसा नहीं था। कहीं कोई ख़लश थी। पत्नी ज़्यादा बोलती नहीं थी। मेज़ पर मेहमाननवाज़ी की औपचारिकता बड़ी कुशलता से निभा रही थी, पर कहीं-कहीं उसके व्यवहार में अलगाव का-सा भी भास होता जिससे पता चले कि वह कोई दायित्व निभा रही है जिसमें उसका मन नहीं है।

अचानक ही बातों-बातों में उस दिन की चर्चा चल पड़ी, जिस दिन उनका बेटा अपनी माँ को ढूँढ़ता हुआ जगह-जगह भटक रहा था और उनके घर में काम करनेवाली लड़की हाँफती, घबराई हुई, हमारे घर पहुँच गई थी।

''आपको उस दिन बड़ी ज़हमत हुई, भाई साहब,'' डॉक्टर ने मुझसे कहा, फिर तनिक क्षुब्ध-सी आवाज़ में बोले, ''मैं इस भलीलोक को पहले भी कई बार कह चुका हूँ कि बेटा स्कूल से घर पर आए तो तुम पहले से घर

पर रहा करो। अव्वल तो माँएँ, छुट्टी के बाद ख़ुद बच्चों को स्कूल से लेने जाती हैं। और हमारा स्कूल तो ज़्यादा दूर भी नहीं। स्कूल नहीं जाओ, पर घर पर तो रहो।''

इस पर डॉक्टर की पत्नी सहसा बोल पड़ी, ''यह काम तो लड़के का बाप भी कभी-कभी कर सकता है।''

क्षण-भर के लिए सकता-सा छा गया। मेहमानों की उपस्थिति में अक्सर घरवाले संयम से काम लेते हैं, पर डॉक्टर की पत्नी चिढ़-सी गई जान पड़ती थी।

''मैं एक बार नहीं, दस बार बच्चे को स्कूल लेने जाऊँ, पर डॉक्टर का वक़्त अपना वक़्त नहीं होता। मरीज़ के रहते, डॉक्टर क्लीनिक से भाग नहीं सकता।''

इस पर सुलह-सफ़ाई के-से लहजे में मैंने कहा, ''डॉक्टर साहब, आप बच्चे की छुट्टी से आधा घंटा पहले क्लीनिक बन्द कर दिया कीजिए। इस तरह जब कभी ज़रूरत पड़े, आप भी बच्चे को लेने जा सकते हैं।''

इस पर डॉक्टर झट से बोले, ''मैंने यह भी करके देख लिया है। इस पर बेटे की माँ ने दोपहर को घर पर आना ही छोड़ दिया था।''

मुझे पहली बार बेचैनी का-सा भास हुआ। बात मामूली नहीं है, केवल बच्चे को लेकर ही नहीं है, वरना कौन-सी ऐसी माँ है जो बच्चे के घर लौटने पर घर के दरवाज़े पर न खड़ी हो?

''मर्दों को अच्छा नहीं लगता कि औरतें घर-गृहस्थी के अलावा कोई और काम भी करें।'' डॉक्टर की पत्नी ने कहा।

''देखो जी,'' डॉक्टर बोला, ''मैंने इन्हें एक बार भी नहीं कहा कि आप अपनी रुचि का काम नहीं करो। जो मन आए, करो। हाँ, मैं इतना ज़रूर कहता रहता हूँ कि पैसे के लिए नहीं करो। पैसे कमाने के लिए घर का एक व्यक्ति काफ़ी है। गुरु महाराज की दया से...''

कहते हुए डॉक्टर ने अपनी पतलून की जेब में हाथ डाला और नोटों का पुलिन्दा निकाल लाए।

''तुम्हें तो भगवान ने हुनर दिया है। तुम्हारे हाथ में इतनी सफ़ाई है। सिलाई-कढ़ाई का काम करो तो भी क्या और तस्वीरें बनाओ तो भी क्या! जो मन में आए, करो।'' डॉक्टर कहते गए।

नोटों का पुलिन्दा निकालने पर डॉक्टर की पत्नी ने मुँह फेर लिया। मैं समझ गया, डॉक्टर बहुत बार घर में यह करतब दिखा चुके होंगे।

डॉक्टर की पत्नी ने टेढ़ी गर्दन किए, व्यंग्य-बाण चलाया, ''मर्द कमाता है न! मर्द को इस बात का बड़ा ज़ोअम होता है कि उसकी कमाई पर घर चलता है।''

बात बिगड़ रही थी। इसकी भनक डॉक्टर की पत्नी के लहजे से ही मिल गई थी। झगड़ा इस बात का नहीं था कि बच्चे को स्कूल में से कौन लाए, झगड़ा इस बात का था कि स्कूल में से बच्चे को उसकी माँ ही क्यों लाए, बाप क्यों न लाए?

''आख़िर पिता की भी तो कोई ज़िम्मेदारी होती है या नहीं? पर चूँकि वह पिता है और डॉक्टर है, वह अपनी कुर्सी पर से उठ नहीं सकता।''

सुनते हुए मुझे लगा, जैसे पति-पत्नी के बीच पाए जानेवाले तनाव के पीछे उस विचारधारा का भी प्रभाव था जो उन दिनों स्त्रियों के बीच, विशेष रूप से मध्यवर्ग की स्त्रियों के बीच, बड़ी हलचल पैदा कर रही थी कि अपनी अस्मिता के लिए स्त्रियों को सचेत होकर अपने अधिकारों के लिए आवाज़ उठानी चाहिए।

''असल में इसका मन बेचैन रहने लगा है। मैं इससे कहता हूँ, घर पर बैठा करो, घर पर बैठो तो मन शान्त रहता है, तरह-तरह के काम करने को मन करता है। बाहर तो भटकन ही भटकन है।''

डॉक्टर की यह टिप्पणी मुझे अनधिकार चेष्टा जान पड़ी। सुनते ही उनकी पत्नी तुनककर बोली, ''घर में बैठी क्या कौवे उड़ाती रहा करूँ? तुम तो दस-दस बजे रात तक क्लीनिक में से नहीं उठते।''

कहते हुए डॉक्टर की पत्नी का गला रुँधने लगा। वह व्याकुल-सी हो उठी थी और अपने हाथ में से सर्वियेट मेज़ पर फेंककर ग़ुसलख़ाने की ओर भाग गई।

घर में सकता-सा छा गया। मुझे अपने पर खीज उठने लगी। मुझे इस बहस में पड़ने के बजाय, वार्तालाप को हँसी-खेल में बदल देना चाहिए था। इधर-उधर की बातें करते रहना चाहिए था।

स्थिति को सँभालने की कुछ कोशिश मेरी पत्नी ने की। वह डॉक्टर की पत्नी को ग़ुसलख़ाने के बाहर जा मिली और उससे बगलगीर हो गई। दोनों

देर तक एक–दूसरी की बाँहों में बँधी रहीं, फिर डॉक्टर की पत्नी को कुर्सी पर बैठा दिया, और हम लोगों को मेज़ की ओर बुला लिया और साथ ही स्वयं बच्चों के लिए खाना परोसकर उनके सामने रख आई।

उस रोज़ जब खाना खाने के बाद हम लोग डॉक्टर के घर से लौट रहे थे तो डॉक्टर भी मेरे साथ हो लिये थे। चलते–चलते, हस्बे–मामूल, मेरे कन्धे पर हाथ रखकर कहने लगे, "मेरे पिताजी भी डॉक्टर थे।" उन्होंने कहा, फिर आवाज़ धीमी करके बोले, "मेरी माँ उनके इन्तज़ार में रात के ग्यारह–ग्यारह बजे तक चूल्हे के सिरहाने बैठी रहा करती थी कि जब वह आएँ तो वह उन्हें गरम रोटी सेंककर खिला सके। हैं, जी?" और मेरे मुँह की ओर देखने लगे कि मैं उनके समर्थन में कुछ कहूँ।

पर मेरे मुँह से निकला, "पर डॉक्टर साहब, कभी आपके पिताजी को भी तो ख़याल आया होगा कि रात के ग्यारह–ग्यारह बजे तक घरवाली को चूल्हे के सिरहाने बैठाए रखना किसी के लिए भी हितकर नहीं होगा। और वह तो डॉक्टर थे...।"

"वह तो आप ठीक कह रहे हैं, पर मैं तो अपनी माँ की भावना की बात कर रहा था। मेरी माँ ने तो कभी नहीं कहा था कि वह दिनभर कौवे उड़ाती रहती है!"

"भावना की बात तो ठीक है, डॉक्टर साहब, पर इस तरह की भावना की अपेक्षा औरत से ही क्यों की जाती है? आख़िर आपकी माँ भी चूल्हे के सिरहाने बैठी थक–टूट जाती होंगी।"

डॉक्टर को इस प्रकार के उत्तर की आशा नहीं थी, "कहते तो आप ठीक हैं, भाई साहब, पर डॉक्टरी पेशा ही कुछ ऐसा है। डॉक्टर अपने वक़्त का मालिक नहीं होता। मैं भी, सच मानिए, नहीं चाहता कि मेरी घरवाली को मेरे कारण इन्तज़ार करना पड़े...पर उसमें थोड़ी सहनशीलता भी तो होनी चाहिए।"

धीरे–धीरे हमारे परिवार एक–दूसरे के निकट आने लगे। मेरी पत्नी, पता चलने पर कि डॉक्टर की पत्नी घर पर है, उससे मिलने जा पहुँचती। मेरी पत्नी ने ही बताया कि डॉक्टर की पत्नी स्त्रियों की एक ऐसी मंडली से जुड़ी हुई है जो स्त्रियों के अधिकारों के लिए आवाज़ उठाती है, कि वह

गाहे-बगाहे कोई पत्रिका भी निकालती है और डॉक्टर की पत्नी के लेख, टिप्पणी आदि भी उसमें छपते रहते हैं। डॉक्टर की पत्नी उस मंडली के कार्यकलाप से इतनी प्रभावित है कि उसे हर बेमेल रिश्ते में पुरुष द्वारा किया जानेवाला उत्पीड़न ही सबसे अधिक नज़र आता है। शायद यही कारण हो कि वह अपने पति से भी चिढ़ी रहती है।

''यों, कोई क्या कहेगी,'' मेरी पत्नी कह रही थी, ''मुमकिन है, कहीं कोई और कारण रहा हो! क्या मालूम, शादी के समय अपने साथ ऐसी अपेक्षाएँ लेकर आई हो, जो धीरे-धीरे, डॉक्टर के साथ रहते हुए एक के बाद एक, निराशा में बदलती रही हों! ऐसे अरमान तो बहुत लोगों के दिलों में होते हैं—पुरुषों के भी और स्त्रियों के भी, पर अपनी घर-गृहस्थी बनते हुए, एक-एक करके बहुत-से अरमान झरते भी जाते हैं और व्यक्ति का मन अपने वर्तमान में, अपने बाल-बच्चों में रमने लगता है और परिवार में ही नई-नई आशाओं-अपेक्षाओं की कोंपलें फूटने लगती हैं और अतीत किसी धुँधलके में खोता चला जाता है।''

पर एक दिन, यही बात, डॉक्टर ने अपने अन्दाज़ में कही। उस शाम क्लीनिक में से उठकर आए थे और अपनी इसी उधेड़बुन में थे।

''मेरी घरवाली कुराहे पड़ गई है जी। उसे हर आदमी ज़ालिम नज़र आता है और हर औरत बलि का बकरा नज़र आती है। बात बच्चे की नहीं है जी। वह समझती है कि एक औरत के नाते उस पर ज़ुल्म हो रहा है और मैं वह ज़ालिम आदमी हूँ जो ज़ुल्म कर रहा हूँ कि उसे उम्र-भर मेरा ज़ुल्म सहना पड़ेगा। बात-बात पर उसे मेरा ज़ुल्म नज़र आता है। अगर मैं उससे कहूँ, 'चलो, घूमने चलें,' तो ठक से जवाब देगी, 'आज तुम्हें मेरी सुध आई। मुझे कहीं नहीं जाना है।' अगर मेरे मुँह से निकले, 'एक प्याला चाय बना दो,' तो उठते हुए कहेगी, 'मर्दों का हक़ है कि औरतें उन्हें चाय बना-बनाकर पिलाएँ। कभी मेरे लिए तो तुमने उठकर चाय नहीं बनाई।' '' डॉक्टर कहे जा रहे थे, ''मन में कोई बात बैठ जाए तो उसे कोई कैसे निकाल सकता है? उसके मन में बात बैठ गई है कि पुरुष स्त्री जाति का दुश्मन है, इसलिए उसे मेरी हर बात में ज़ुल्म और बेइंसाफ़ी नज़र आती है। तभी मैंने कहा न जी, वह कुराहे पड़ गई है। उसकी सखी-सहेलियों ने यह बात उसके मन में भर दी है।''

इस पर मेरी पत्नी झट से बोली, "इसमें ग़लत भी क्या है, डॉक्टर साहब! हमारे समाज में बड़ी कुरीतियाँ हैं।"

"मैं कब कहता हूँ, नहीं है," डॉक्टर बोले, "मैं तो इससे कहता हूँ, तुम ज़रूर अपनी साथियों के साथ इस काम में भाग लो। औरत के अधिकारों के लिए आवाज़ उठाओ, प्रस्ताव पास करो, लेख लिखो, मीटिंगें करो। सब करो। जो पर्चा तुम निकालती हो, उसमें दिल खोलकर लेख लिखो। पर अपने घर को तो बनाए रखो। हमारा घर तो चलता रहे। मैं तुम्हारा दुश्मन नहीं हूँ। पर नहीं जी, वह मेरे मुँह से कुछ भी सुनना नहीं चाहती। मैंने कहा न जी, वह कुराहे पड़ गई है।"

इसके कुछ ही दिन बाद, एक शाम, संयोगवश, मैं और मेरी पत्नी, डॉक्टर के क्लीनिक में जा पहुँचे। हम दोनों बड़े सरकारी अस्पताल से लौटे थे, जहाँ मेरी पत्नी, मानसिक चिकित्सा के किसी बड़े डॉक्टर से मिलकर आई थी, जो स्त्रियों की बीमारियों का विशेषज्ञ था। मेरी पत्नी के मीनोपाज़ के दिन थे और सभी ने कहा था कि अमुक डॉक्टर से मिलो और हम लोग वहाँ जा पहुँचे थे। और देर तक उस डॉक्टर के पास बैठे रहे थे। उसने ढेरों सवाल भी मेरी पत्नी से पूछे थे और उसके बाद ढेरों दवाइयों के नाम भी नुस्ख़े पर लिख दिये थे। पत्नी थक गई थी और दवाइयों की सूची देखकर डर-सहम गई थी और बुझी-बुझी-सी घर लौटी थी।

घर में क़दम रखने पर मेरी पत्नी मुझे इतनी उदास-सी लगी थी कि मुझे लगा, इसका हौसला बढ़ाने के लिए बेहतर होगा कि हम डॉक्टर साहब से जा मिलें। उन्हें वह नुस्ख़ा भी दिखा दें, जो सरकारी डॉक्टर ने लिखकर दिया था और उस पर उनकी राय भी जान लें। चुनाँचे घर के अन्दर जाने के बजाय हमने डॉक्टर साहब के क्लीनिक का रुख़ किया। उस समय साढ़े सात का वक़्त रहा होगा। और डॉक्टर का क्लीनिक 'जोबन' पर था, मतलब कि मरीज़ों से ठसाठस भरा था। पहले तो हम हतोत्साहित हुए और मन में आया, लौट चलें। मेरी पत्नी पहले से ही थकी हुई थी और खिन्न-सा महसूस कर रही थी। डॉक्टर के क्लीनिक की भीड़ देखकर उसका दिल बैठ गया। क्लीनिक में बिजली की रोशनी भी धीमी थी। मरीज़ों पर नज़र दौड़ाई तो अधिकांश दफ़्तरों-दुकानों में काम करनेवाले लोग ही थे। कुछ औरतें भी अपने बच्चों को लेकर आई थीं। डॉक्टर मरीज़ों को बारी-बारी से ही देख

रहे थे, लेकिन एक बार दिखा चुकने और नुस्ख़ा हाथ में लेने के बाद भी मरीज़ बार-बार कुछ-न-कुछ पूछने डॉक्टर के पास पहुँच जाता। और डॉक्टर भी जल्दी से जवाब नहीं दे पाते थे। स्थिति ऐसी बन जाती कि एक मरीज़ की नब्ज़ डॉक्टर के हाथ में है तो डॉक्टर की आँखों के सामने दो नुस्खे लटक रहे होते कि दवाइयों के सेवन के बारे में फिर से समझा दीजिए। और डॉक्टर थे कि नब्ज़ भी देख रहे थे और अपने नुस्ख़ों में लिखी दवाइयों के बारे में समझा भी रहे थे।

इतने में डॉक्टर की नज़र अचानक ही हम दोनों पर पड़ गई। हम क्लीनिक के प्रवेश-द्वार के पास ही खड़े थे। उन्होंने मुस्कुराकर सिर हिलाया, और मरीज़ को कुछ समझाने के बाद झट से उठकर हमारी ओर आ गए।

''आप लोग कब आए? आप लोग यहाँ क्यों खड़े हैं? आपने मुझे घर पर क्यों नहीं बुला लिया? आप टेलीफ़ोन कर देते।'' फिर घूमकर एक नज़र क्लीनिक की ओर देखते हुए बोले, ''बस, एक मरीज़ को फ़ौरन देखना ज़रूरी है। मैं उसे देखकर यहीं आ जाता हूँ।''

और दूसरे क्षण वह अपनी मेज़ की ओर लौट रहे थे। तभी एक हास्यास्पद-सी स्थिति पर मेरी नज़र गई। एक वयोवृद्ध मरीज़, जो एक बेंच पर दीवार से पीठ लगाए, टेढ़ा-सा बैठा था, उठ खड़ा हुआ था, और धीरे-धीरे चलता हुआ सीधा डॉक्टर की कुर्सी पर जा बैठा था।

डॉक्टर के वहाँ पहुँचने पर उसने सिर हिलाकर हँसते हुए कहा, ''अब तो डॉक्टर देखेगा ही।''

कुछ लोग हँस दिये थे। डॉक्टर के पास पहुँचने पर वयोवृद्ध को थोड़ी झेंप हुई और वह उठने को हुआ पर डॉक्टर ने उसके कन्धे पर हाथ रखकर उसे बैठा दिया।

''बैठे रहो, बैठे रहो बाबा, पर देखूँगा मैं तुम्हें तुम्हारी बारी आने पर।''

और डॉक्टर दो-एक मरीज़ खड़े-खड़े ही देखते रहे। उसके कुछ ही देर बाद डॉक्टर हमारे पास पहुँचे हुए थे, जिस पर क्लीनिक में बैठे बहुत-से मरीज़ हमारी ओर देखने लगे थे।

डॉक्टर ने आते ही पत्नी के हाथ से सरकारी डॉक्टर का नुस्ख़ा ले लिया और बिजली के कुमकुमे की धीमी रोशनी के वृत्त में जाकर उसे पढ़ने लगे थे।

उन्होंने नुस्ख़े को एक बार नहीं, उलट-पलटकर तीन बार पढ़ा होगा, फिर कोट की जेब में से क़लम निकालकर, बिना हमसे कुछ कहे, एक दवाई को छोड़कर, शेष सभी दवाइयों पर क़लम फेर दी। फिर हमारी ओर नुस्ख़ा उठाए लौट आए।

"बस, एक दवाई को लेती रहिए, बाक़ी सब छोड़ दीजिए।"

मेरी पत्नी हैरान रह गई।

"आपको कोई तकलीफ़ नहीं है। मैं भी थोड़ी-बहुत डॉक्टरी जानता हूँ। और उस डॉक्टर के पास दोबारा मत जाइए।" फिर नुस्ख़ा पत्नी के हाथ में लौटाते हुए बोले, "आप चलिए। मैं थोड़ी देर में आपके पास पहुँच जाऊँगा।"

मेरी पत्नी, जो पहले बड़ी हताश और उदास थी, घर लौटते हुए चहकने लगी।

"मैं भी कहूँ, मुझे हुआ क्या है, जो डॉक्टर ने इतनी दवाइयाँ लिख दी हैं! यहाँ डॉक्टर साहब ने एक ही लकीर से सभी दवाइयाँ काट दी हैं।"

वह सहसा ही बड़ा हल्का महसूस करने लगी थी। पर जब हम लोग अपने घर का फाटक खोल रहे थे तो पत्नी ने मेरी कोहनी पर हाथ रखते हुए कहा, "पर जी, इस आदमी के साथ कौन-सी औरत रहना चाहेगी? इसे अपनी सुधि-बुधि ही नहीं है, यह दूसरे की क्या करेगा?"

"क्यों? उसने तुम्हारी सुधि ली या नहीं?"

"वह तो ठीक है, पर औरत भी अपने मर्द में कुछ चाहती है। उसकी भी अपनी कुछ अपेक्षाएँ होती हैं, यह आदमी..."

पर उसने व्याख्या नहीं की और हम लोग घर के अन्दर चले गए।

अन्दर पहुँचते ही वह सहसा हँसकर कहने लगी, "डॉक्टर की पत्नी एक बार मुझे सुनाने लगी कि 'हम लोग शादी के बाद एक दिन सिनेमा देखने गए। बाद में तो हम लोगों ने सिनेमा जाना भी छोड़ दिया। फ़िल्म चल रही थी, जब मेरी बग़ल में बैठे मेरे पतिदेव गहरी नींद सो गए और खर्राटे भरने लगे। आसपास की सीटों पर बैठे लोग मुड़-मुड़कर देख रहे थे। ऐसा एक बार नहीं, दो-तीन बार हुआ। तब मैंने सिनेमा देखने जाना ही छोड़ दिया।'"

उस रात डॉक्टर आए। देर तक बैठे रहे। पत्नी को उसकी सेहत के बारे में विस्तार से समझाते रहे, आश्वासन देते रहे। पत्नी ध्यान से सुनती रही।

पत्नी उनके प्रति कृतज्ञ महसूस कर रही थी, पर फिर भी मुझे लग रहा था कि इस सबके बावजूद डॉक्टर के बारे में उसकी राय नहीं बदली थी।

फिर सहसा ही घटनाएँ तेज़ी से घटने लगीं। यह हम सबके लिए बड़ा अप्रत्याशित था।

एक शाम डॉक्टर बड़े उत्तेजित और खोए-खोए-से हमारे घर आए और आँगन में ही खड़े-खड़े बोले, "वह तो चली गई है, भाई साहब, मेरी घरवाली चली गई है। अपने बेटे को भी साथ ले गई है। वह मुझे छोड़कर चली गई है।"

और अन्दर आते ही निढाल-से कुर्सी पर बैठ गए। बात चौंकानेवाली थी। एक प्रकार का सकता-सा छा गया। डॉक्टर के चेहरे पर पीलिया फैली थी और वह बड़े निःसहाय-से लग रहे थे।

"मैंने टेलीफ़ोन किया था। उसकी बहन और बहनोई कुछ ही दिन पहले बाहर से आए हैं। कहती थी, वह उनके साथ रहेगी। यहीं, दिल्ली में...।" और फिर, बार-बार सिर हिलाते हुए बोले, "मैंने कहा था न जी, वह कुराहे पड़ गई है।" वह देर तक सिर हिलाते, यही वाक्य बोलते रहे।

पत्नी के यों उन्हें छोड़ जाने से गहरा सदमा पहुँचा था। शून्य में ताकते हुए कभी कहने लगते, "अच्छा हुआ जो अपने बेटे को अपने साथ ले गई है। उसे नहीं छोड़ गई। उसकी पूरी देखभाल तो करेगी। मुझे तो उसने कब का छोड़ा हुआ था।" फिर मानो अपने-आपसे बात करते हुए कहते, "अब घर जाऊँगा, तो घर ख़ाली। न बेटे की आवाज़ सुनाई देगी, न उसकी माँ की। वाह, जी! घर भाँय-भाँय करेगा। एक कमरे से दूसरे कमरे में जाओ, सब ख़ाली।"

पत्नी के यों चले जाने से डॉक्टर बड़े बेचैन हुए थे। और उन्हें सँभलने में बहुत दिन लगे।

दिन बीतने लगे। डॉक्टर उखड़े-उखड़े रहने लगे। वह अपनी पत्नी को टेलीफ़ोन करते। कभी-कभी क्लीनिक में काम करते-करते उनका मन उचट जाता और उनकी समझ में नहीं आता, कहाँ जाएँ, क्या करें। उनकी पत्नी ने अपने बेटे को अपने नए इलाक़े के किसी स्कूल में दाख़िल करा दिया था। पता चलने पर डॉक्टर कभी-कभी स्कूल बन्द होने पर स्कूल के बाहर खड़े होते, ताकि कुछ देर के लिए ही सही, अपने बेटे को आलिंगन में भर सकें।

पर उस स्कूल तक पहुँचने के लिए डॉक्टर को बसों और स्कूटरों में धक्के खाने पड़ते। कभी-कभी बेटे की माँ पहले से पहुँची होती और क्षणिक दुआ-सलाम के बाद ही वह बेटे को अपनी बहन की मोटरगाड़ी में बैठाकर वहाँ से जा चुकी होती।

डॉक्टर अपनी पत्नी की बहन और उसके घरवाले से भी जा मिले। देर तक अनुनय-विनय करते रहे, पर वे लोग इनके घरेलू मामले में दख़ल देना नहीं चाहते थे। कुछ दिनों तक तो ऐसे ही चलता रहा। डॉक्टर की स्थिति एक विक्षिप्त आदमी की-सी होने लगी, पर धीरे-धीरे डॉक्टर सँभलने लगे। वह सोचते, 'मैं रोज़ यों मारा-मारा तो नहीं फिर सकता। अगर मेरे प्रारब्ध में पारिवारिक जीवन नहीं लिखा है तो मैं क्या कर सकता हूँ! अगर उसे पारिवारिक जीवन बनाए रखने की चिन्ता नहीं है तो मेरे कुछ भी करने या न करने से कुछ नहीं होगा।' और उन्होंने अपने पाँव मोड़ लिये और नियमित रूप से अपने क्लीनिक में जाकर बैठने लगे। घर चलाने के लिए बड़ी उम्र का एक रसोइया रख लिया।

टेलीफ़ोन का अता-पता मिलने पर मेरी पत्नी गाहे-बगाहे डॉक्टर की पत्नी को टेलीफ़ोन करने लगी और नई जानकारी भी देने लगी। पता चला कि घर में बात चल रही थी कि मुमकिन है, जब उसकी बहन और बहनोई विलायत लौट जाएँ तो वह भी कुछ मुद्दत बाद अपने बेटे के साथ वहाँ पहुँच जाए। 'बच्चे का भविष्य बन जाएगा।' उसकी माँ कह रही थी। बेटे को अच्छी तालीम मिल जाएगी और वह स्वयं भी वहाँ की नारी जागरण से सम्बन्धित किसी अच्छी पत्रिका में भारतीय स्त्रियों की स्थिति के परिप्रेक्ष्य में लेख आदि लिखकर अपना योगदान दे सकती है।

उन्हीं दिनों मेरे भाई बम्बई से आए। वास्तव में मेरी छुट्टी के दिन समाप्त होने जा रहे थे और मुझे अपनी पत्नी और बेटे के साथ मास्को लौट जाना था। इस तरह सहसा ही दृश्यपटल बदल गया। मेरे भाई वास्तव में पिताजी को अपने साथ बम्बई ले जाना चाहते थे। इतना मैं ज़रूर कहूँगा कि दिल पर गहरा घाव लगने के बावजूद, डॉक्टर, पिताजी को नहीं भूले थे और हर शाम या एकाध शाम छोड़कर उनकी सुधि लेने पहुँच जाते रहे थे।

मुझे वह दिन याद है, जब मेरे भाई से मिलने डॉक्टर घर पर आए थे। भाई से मिलते ही पहला वाक्य जो डॉक्टर के मुँह से निकला, 'मेरी घरवाली

तो मुझे छोड़कर चली गई है, भाई साहब! हमारे बेटे को भी अपने साथ ले गई है,'—बिल्कुल वैसे ही, जैसे बच्चे किसी सगे-सम्बन्धी के सामने अपने उद्‌गार मुँह पर ले आते हैं।

जितने दिन मेरे भाई दिल्ली में रहे, हर रोज़ वक़्त निकालकर डॉक्टर से मिलते रहे। हम दोनों भाई डॉक्टर साहब के बड़े एहसानमन्द थे कि उन्होंने गहरी कर्तव्य-भावना से पिताजी के स्वास्थ्य की ओर ध्यान दिया था।

फिर एक दिन, दोपहर की गाड़ी से, मेरे भाई पिताजी को लेकर बम्बई के लिए रवाना हो गए। उनके चले जाने के बाद मैं भी अपनी पत्नी और बच्चे के साथ मास्को लौटने की तैयारी में लग गया और हम बड़ी तेज़ी से उस सन्दर्भ से कट रहे थे जिससे पिछले कुछ महीनों से जीते आ रहे थे।

आख़िर हम भी मास्को के लिए रवाना हो गए और दिल्ली के जीवन के घटनाचक्र से नाता टूट गया। भारत दूर तो पड़ता गया, पर भारत में बिताए दिन बरबस याद भी आते रहे और बार-बार डॉक्टर और उनकी पत्नी का ध्यान भी आता रहा। हर किसी की ज़िन्दगी सारा वक़्त एक नाटक की तरह चलती रहती है। नाटक की कौन-सी कड़ी किसके जीवन में घटित हो रही है, हम भले ही नहीं जान पाएँ, पर नाटक बराबर चलता रहता है। हमारा सम्पर्क डॉक्टर से टूट गया था, पर इस बात का भास बराबर बना रहता कि अपनी बदली हुई स्थिति में उनका जीवन कैसे कट रहा होगा और उनकी पत्नी का कार्य-कलाप किस दिशा में आगे बढ़ रहा होगा।

मास्को से हम दो साल के बाद लौट आए। सच तो यह है कि मन वहाँ नहीं लगा। मन बार-बार भारत लौटने को चाहता था। जितने दिन वहाँ पर रहे, बन्दिश-सी महसूस करते रहे।

उस दिन ढलती दोपहर के समय मैं घर से निकलकर टहलता हुआ मार्केट की ओर जा रहा था, इस इरादे से कि अगर डॉक्टर साहब क्लीनिक में पहुँच गए हों तो कुछ देर उनके साथ दुआ-सलाम कर लूँगा। यह दिल्ली लौटने का मेरा तीसरा दिन था और किन्हीं कारणों से मैं अभी तक उनसे सम्पर्क नहीं कर पाया था।

मैं मार्केट की ओर मुड़ा ही था, जब वेस्ट पटेलनगर की ओर से आनेवाली सड़क पर मैंने लोगों की भीड़ देखी। मुझे लगा, जैसे कोई जुलूस चला

आ रहा है। पर मैं समझ नहीं पा रहा था कि वह कैसा जुलूस है। हमारे यहाँ आए-दिन जुलूस निकलते हैं, मुमकिन है, कोई छोटा-मोटा चुनाव होने जा रहा हो!

भीड़ इसी ओर बढ़ती आ रही थी। मार्केट के निकट पहुँचने पर मैंने देखा, एक आदमी हाथ में बड़ा-सा चित्र उठाए चला आ रहा है। चित्र पर फूलों के गजरे लटक रहे हैं

अरे, यह तो डॉक्टर का चित्र है! क्या मतलब? क्या डॉक्टर कोई चुनाव लड़ रहे हैं?

"यह डॉक्टर नरेन्द्र सिंह का चित्र है न जी?" मैंने अपने पास खड़े एक वयोवृद्ध सज्जन से पूछा, जो मेरी ही तरह, बढ़ती भीड़ को आता देखकर रुक गया था।

"जी, डॉ. नरेन्द्र सिंह का ही है। डॉ. नरेन्द्र सिंह नहीं रहे। वह आज सुबह स्वर्गवासी हो गए हैं। उन्हीं की अरथी आ रही है।"

यह क्या? मेरा दिल धक् से रह गया और टाँगों में जैसे पानी भर गया। मैं तो डॉक्टर से मिलने उनके क्लीनिक की ओर जा रहा था।

मेरा गला रुँध-रुँध गया। वह दो साल तक भी जी नहीं पाए!

भीड़ नज़दीक आई। लोगों को विलाप करते सुना।

'हाय, डॉ. नरेन्द्र सिंह! डॉ. नरेन्द्र सिंह ज़िन्दाबाद! ज़िन्दाबाद!'

फिर फूलों से लदी अरथी सामने आई।

भीड़ इतनी थी कि लगता, सारी बस्ती डॉक्टर की अरथी को कन्धा दिये हुए है!

डॉक्टर की क्लीनिक के सामने अरथी रोक ली गई थी। वहाँ क्लीनिक के दरवाज़े पर पुष्प-वर्षा होती रही। कुछ लोग बिलख-बिलखकर रो रहे थे।

मैंने जीवन-भर में ऐसी शवयात्रा नहीं देखी थी।

अरथी श्मशान-भूमि की ओर ले जाई जाने लगी। भाव-विह्वल लोगों की भीड़ बराबर बनी हुई थी। मैं भी सिर झुकाए श्मशान-भूमि की ओर जाने लगा।

जिस समय विधि अनुसार शव को लेकर अन्तिम क्रियाएँ चल रही थीं, तो मुझे अचानक ही डॉक्टर की पत्नी की भी झलक मिली। दो वर्ष बाद मैं उसे देख रहा था। वह धवल श्वेत साड़ी पहने थी। आधे चेहरे को साड़ी के

पल्लू की ओर किए वह बड़ी नफ़ासत और सलीक़े से अन्तिम क्रिया में अपना दायित्व निभा रही थी। उसके अंग–चालन में पहले जैसा ही बाँकपन था, नफ़ासत थी। लगता, बड़े सचेत और सुचारु ढंग से अपना फ़र्ज़ निभा रही है।

[*अक्षर पर्व*, 2003]

बोलता लिहाफ़

गहरी रात गए एक सौदागर घोड़ा-गाड़ी पर बैठा एक पड़ाव से दूसरे पड़ाव पर जा रहा था। बला की सर्दी पड़ रही थी और वह ठिठुर रहा था।

कुछ समय बाद सराय के बाहर एक घोड़ा-गाड़ी रुकी। ठंड इतनी ज़्यादा थी कि मुसाफ़िर ने उसी पड़ाव पर रात काटने का फ़ैसला किया।

पर सराय के अन्दर जाने पर पता चला कि सराय के सभी कमरे खचाखच भरे हैं और सराय का मालिक उसे कहीं पर भी ठहराने की स्थिति में नहीं है, पर अब यात्री जाए तो कहाँ जाए? तभी सराय के मालिक ने सुझाव दिया, "हाँ, ऊपरवाली छत पर, जहाँ सराय का सामान पड़ा रहता है, वहाँ मैं तुम्हारे लिए रात काटने का बन्दोबस्त कर सकता हूँ।" और वह उसे ऊपरवाली छत पर एक छोटे-से कमरे में ले गया। बिछौने के लिए और तो कुछ नहीं था, एक फटा-पुराना लिहाफ़ पड़ा था, वही देते हुए बोला, "आज रात इसी में काट लो, कल कोई बेहतर इन्तज़ाम कर दूँगा।"

थका-माँदा सौदागर वहीं पसर गया पर वह कुछ ही देर तक सो पाया होगा कि उसकी नींद टूट गई और उसे लगा, जैसे कमरे में कोई बातें कर रहा है! आवाज़ें बच्चों की थीं। एक बच्चा दूसरे से कह रहा था, "भैया, क्या आपको बहुत ठंड लग रही है?"

कुछ देर बाद, इसके उत्तर में, दूसरा बच्चा कहता, "क्या तुम्हें भी बहुत ठंड लग रही है?"

अजीब चौंकानेवाला अनुभव था। पहले तो सौदागर ने सोचा, बाहर कहीं से आवाज़ें आई होंगी और फिर से अपने को ढाँपकर सोने की चेष्टा

करने लगा, पर कुछ ही देर बाद फिर से वही दो बच्चों की आवाज़ें सुनाई पड़ने लगीं :

"भैया, क्या आपको बहुत ठंड लग रही है?"

"और तुम्हें भी बहुत ठंड लग रही है?"

दो-तीन बार जब ऐसा अनुभव हुआ तो सौदागर उठ बैठा और ध्यान से सुनने की कोशिश करने लगा।

आवाज़ें उसी के लिहाफ़ में से आ रही थीं, जो वह ओढ़े हुए था।

उसके बाद वह मुसाफ़िर सो नहीं पाया। जब नींद गहराने लगती तो बच्चों की आवाज़ें जगा देतीं। वह परेशान हो उठा, पर करे तो क्या करे! सौदागर को इस बात का भी डर लगने लगा था कि सराय के मालिक ने कोई जादुई ओढ़नी उसे जान-बूझकर न दे दी हो! उसने रात बड़ी परेशानी से काटी।

दूसरे दिन प्रातः वह बौखलाया हुआ सराय के मालिक के पास गया।

"तुमने मेरे साथ धोखा किया है। ऐसा लिहाफ़ मुझे दिया कि मैं रातभर सो नहीं पाया। रातभर जागता रहा।" और उसने अपना अनुभव कह सुनाया।

उसकी कैफ़ियत सुनकर ख़ुद सराय का मालिक हैरान रह गया। उसे भी मालूम नहीं था कि लिहाफ़ में से आवाज़ें आती हैं। उसने वह लिहाफ़ एक कबाड़ी की दुकान पर से ख़रीदकर यहाँ पटक दिया था।

उस रोज़ बहुत बोलने-झगड़ने के बाद सौदागर ने तो अपनी राह ली और अगले पड़ाव की ओर निकल गया, पर सराय के मालिक ने यह जानने के लिए कि बोलता लिहाफ़ उसके पास कैसे पहुँच गया, वह उसी दोपहर लिहाफ़ उठाए उस कबाड़ी की दुकान पर जा पहुँचा।

"यह कैसा लिहाफ़ तुमने मेरे मत्थे मढ़ दिया? इसे ओढ़कर तो कोई सो ही नहीं सकता। इसमें से आवाज़ें आती हैं।"

कबाड़ी लिहाफ़ का भेद जानता था। "हाँ, मैं जानता हूँ, आवाज़ें आती थीं। पर मैंने सोचा, तुम अपनी सराय में ले जाओगे तो आवाज़ें आनी बन्द हो जाएँगी।" फिर कबाड़ी बोला, "यह लिहाफ़ दो छोटे-छोटे बच्चों का था। इनमें वे सिकुड़े एक-दूसरे से चिपटे पड़े रहते थे। दोनों एक टूटी-फूटी कोठरी में रहते थे। उनके माँ-बाप उन्हें छोड़कर कहीं चले गए थे, फिर

लौटकर नहीं आए। दोनों बच्चे जैसे-तैसे अपने दिन बिता रहे थे कि एक दिन कोठरी का मालिक पहुँच गया। वह डराने-धमकाने और कोठरी का किराया तलब करने लगा। और फिर यह लिहाफ़ बग़ल में दबा लिया और दोनों बच्चों को कोठरी से धकेलकर बाहर निकाल दिया। ...बच्चों से उनका एकमात्र सहारा लिहाफ़ तो छिन गया, पर उनकी आवाज़ें लिहाफ़ को छोड़ नहीं पाईं।''

[*कादम्बिनी*, जुलाई, 2003]

बुढ़ऊ की डायरी-2

कुछ समय पहले तक मेरी आँखें बरबस अतीत की ओर घूम जाया करती थीं। कभी एक याद तो कभी दूसरी, कभी एक चेहरा तो कभी दूसरा, कभी हास्य-विनोद की कोई शाम तो कभी घिरे बादलों जैसी अवसाद-भरी घड़ियाँ आँखों के सामने घूम जातीं। मेरी यादों में भरपूर गति थी—जीवन की गति। और मैं उनके साथ गहरे में जुड़ता था—कभी उन्हें याद करते हुए हँसने-चहकने लगता, तो कभी आँखें भर-भर आतीं।

पर अब, जैसे अपने-आप ही मेरी नज़र, अतीत पर से हटकर वर्तमान पर आ गई है। अतीत न तो दिल को मथता है, न ही यादों में बने रहना सुखद लगता है। लगता है, अतीत अभी तक मेरी भावनाओं से खिलवाड़ करता रहा है। अब वह मेरे लिए असंगत होने लगा है।

यह बुढ़ापे का दूसरा चरण है।

अब अतीत दूर किसी धुँधलके में खोता चला जा रहा है। प्रियजनों की आकृतियाँ भी अब परछाइयों में बदलने लगी हैं। आँखें अब वर्तमान पर आ गई हैं। मेरे सारे सम्बन्ध अब वर्तमान से हैं। जितना अधिक अपना ध्यान वर्तमान पर केन्द्रित करूँ, उतना ही सुरक्षित महसूस करने लगता हूँ। लगता है, यही अब मेरा ठिकाना है। अतीत से जुड़ी भावनाएँ मन्द पड़ती जा रही हैं। कभी-कभी तो यहाँ तक लगने लगता है कि मेरी पिछली दिलचस्पियाँ, मेरे प्रयास, मेरी आकांक्षाएँ मेरी न होकर किसी अन्य व्यक्ति की रही होंगी। वर्तमान ही अब मेरा ठिकाना है, यही मेरे लिए संगत है।

कुछ समय पहले तक कोई बीती घटना याद आ जाने पर मैं बरबस उसे

सुनाने लगता था और आस-पास बैठे लोग एक-दूसरे की ओर देखकर मुस्कुराने लगते थे, तो मैं झेंपकर कहता, 'क्यों, क्या मैं इसे पहले सुना चुका हूँ?' और वे सब हँस पड़ते।

बेटी कहती, 'दसियों बार!... पर सुनाइए, सुनाते जाइए।'

पर अब पुराने क़िस्से याद आए भी तो मन सुनाने को नहीं करता। ऐसा कुछ वर्ष पहले तक नहीं था। तब अतीत बाँधता था। मैं साँस ही जैसे अतीत में ले रहा था, पर अब मैं उत्तरोत्तर अपने में सिमटता जा रहा हूँ। अतीत की यादें न तो सताती हैं, न अपनी ओर खींचती हैं। न ही अतीत आज की तुलना में बेहतर कालखंड लगता है। बुढ़ापे में तो तब भी मैं प्रवेश कर चुका था, पर बुढ़ापे को तन ने अपनाया नहीं था।

और अब इस चरण में, जब बुढ़ापे ने चारों ओर से घेर लिया है, तो मैं बुढ़ापे का ही होकर रह गया हूँ। अतीत की आवाज़ें दूर पड़ती जा रही हैं। लगता है, जैसे मैंने घर बदल लिया है। पहले अतीत नामक घर में जीता, साँस लेता था, अब बुढ़ापे के वर्तमान, चारों ओर से बन्द घर में आकर रहने लगा हूँ।

मैं नहीं जानता, बुढ़ापे के कितने चरण होते हैं। मैं केवल इतना-भर कह सकता हूँ कि मैं बुढ़ापे के अगले चरण में पहुँच चुका हूँ।

नज़र अब पीछे की ओर तो नहीं जाती, पर सारा वक़्त इस बात का भास बना रहता है, जैसे मेरे सामने की ओर भविष्य का झीना-सा पर्दा टँगा है जिसके पीछे मैं नहीं देख सकता, केवल अनुमान लगा सकता हूँ, पर जहाँ, मुझे इतना यक़ीन हो गया है कि मेरा दुश्मन पहुँच गया है और वह इस ताक में है कि कब मुझ पर झपट पड़े और मुझे इस दुनिया से उठा ले जाए। और मैं इस कोशिश में रहता हूँ कि इसे पकड़ाई न दूँ, यह भली भाँति जानते हुए भी कि वह एक न एक दिन मुझे ज़रूर दबोच लेगा।

जीवन के केन्द्र में अब स्वयं आने लगा हूँ। मेरा ध्यान अपने पर ही केन्द्रित होगा तभी मैं अपने को उससे सुरक्षित रख पाऊँगा। जिन बातों की ओर पहले कभी ध्यान नहीं गया था, वही अब प्राथमिकता ग्रहण करने लगी है। मैं बड़े ध्यान से सड़क पार करता हूँ ताकि कहीं ठोकर खाकर गिर न पड़ूँ। मैं सतर्क होकर, कान खोलकर चलूँ ताकि पीछे से आनेवाले किसी वाहन के नीचे कुचल न जाऊँ। ग़ुसलख़ाना मेरे लिए किसी युद्धस्थली से कम नहीं रह

गया है। वहाँ फिसलकर गिर पड़ा और टाँग की हड्डी तोड़ बैठा तो खाट से जुड़ जाऊँगा, और फिर न जाने कब तक खाट पर पड़ा रहूँगा! मैं हर पल सावधान रहूँ, यह मेरे लिए सबसे बड़ा निर्देश है। अँधेरा उतरने से पहले घर पहुँच पाऊँ। कई बार मन में आता है, मैं अपना नाम और पता किसी काग़ज़ पर लिखकर अपने बटुए में रख लूँ। अगर कहीं गिर पड़ूँ, दुर्घटनाग्रस्त हो जाऊँ, अपने होश-हवास खो बैठूँ तो कोई राह जाता, ख़ुदातर्स आदमी मेरे घरवालों को सूचित कर दे, पर इस ज़रूरी काम को टालता रहता हूँ, न जाने क्यों? पहले तो मरने का कभी ख़याल नहीं आता था, अब जो उसकी अनिवार्यता पर विश्वास जमने लगा है तो शायद अभी भी, मन के किसी कोने में, उम्मीद बनी रहती है कि इतनी जल्दबाज़ी करने की क्या ज़रूरत है! क्या मालूम, यमराज अभी मेरी टोह में न निकला हो! उसे ख़्वाहमख़्वाह अपने बारे में याद दिलाने की क्या ज़रूरत है?

फिर भी अन्य सभी सरोकार गौण होते जा रहे हैं। ध्यान अपने पर ही केन्द्रित रहता है। जहाँ तक बन पड़े, अपने को ही सुरक्षित रखे रहना चाहता हूँ। सुरक्षित तो क्या रख पाऊँगा, केवल सावधानी बरतते रहना चाहता हूँ।

मेरी आँखें तो पहले से ही कमज़ोर थीं, अब सुनाई भी कम देने लगा है। थोड़ी दूर पर बैठा कोई आदमी मुझसे कुछ कहे तो मैं मुँह बाए उसकी ओर देखता रहता हूँ; या अपनी कमज़ोरी को छिपाने की चेष्टा करता हुआ अपनी जगह से उठकर उसके पास जा बैठता हूँ। मैं जानता हूँ, पता चल जाने पर बहरे आदमी के साथ कोई बात करना नहीं चाहता। कौन बार-बार, गला फाड़कर, एक-एक वाक्य दोहराता फिरे? किसी भी सभा-सोसायटी में जाऊँ तो शीघ्र ही हाशिए पर डाल दिया जाता हूँ। शुरू-शुरू में अपनी कमज़ोरी लोगों से छिपाता था कि मुझे ठीक तरह से सुनाई नहीं दे रहा। न सुन पाते हुए भी हाँ-हाँ में सिर हिलाता रहता था। कान में लगानेवाला यंत्र तो लिया था, पर उसे पहनने में झिझक महसूस करता था। जब कभी पहनता भी तो आस-पास के लोगों से नज़र बचाकर, और मेरी कोशिश रहती कि मेरे कान में रखा आला मेरी कनपटी पर के बालों से ढँका रहे। फिर भी ठीक सुनाई न देने पर मैं लोगों के बीच बैठा हुआ, मूर्खों की तरह सिर हिलाता, मुस्कुराता रहता हूँ—भले ही वार्तालाप के गिने-चुने शब्द ही कान में पड़ें। यह तो फिर

भी जैसे-तैसे निभ जाता है, पर जब टेलीफ़ोन पर बात नहीं कर पाता तो बड़ी खीज उठती है। तब बहरापन अखरने लगता है, और मन अशान्त होने लगता है। मैं अपने को क्या सुरक्षित रख पाऊँगा? यह तो शुरुआत है, जाने कैसी-कैसी व्याधियाँ मेरी ओर बढ़ती आ रही होंगी!

उस रोज़ लोधी गार्डन में शाम के वक़्त टहल रहा था जब सामने की ओर से एक महिला, छड़ी पर झुकी, धीरे-धीरे चलती हुई आ रही थी। नज़दीक आई तो मैंने उसे पहचान लिया। वह मेरे ही वतन की रहनेवाली थी। छड़ी का सहारा लेकर धीरे-धीरे चलती हुई मेरे पास से गुज़री तो उसने भी पहचान लिया और खड़ी हो गई। उसके चेहरे की ओर देखते हुए मुझे लगा, जैसे उसके लिए चलना, यातना भोगने के बराबर था। चेहरा तपे ताँबे जैसा लाल हो रहा था, तनी हुई नसें चेहरे पर उभर आई थीं और होंठ सूख रहे थे। मुझे लगा, जैसे उसके लिए एक-एक क़दम उठाना कठिन हो रहा था। कहने लगी, 'दोनों घुटनों में दर्द रहता है, चलना मेरे लिए महाल है। ज़्यादा चल भी नहीं पाती। फिर भी जितना चल सकती हूँ, चलती हूँ। चलूँ नहीं तो क्या खाट पर पड़ जाऊँ? एक बार बैठ गई तो उठ ही नहीं पाऊँगी। बैठ कैसे जाऊँ?' छड़ी की टेक लिये, वह अपनी फूलती साँस के साथ कहती रही।

हर वृद्ध व्यक्ति खाट से डरता है। उस महिला से मिलने के बाद मुझे लगा कि मैं तो बिल्कुल स्वस्थ हूँ, आराम से चल-फिर सकता हूँ। बेशक, साँस फूलती है, फिर भी लम्बी सैर तक कर लेता हूँ, मुझे है क्या?

और मैंने पाया कि अपनी व्याधि से क्षुब्ध होने पर हर बुढ़ऊ को इस बात की बड़ी तसकीन, बड़ी ढाढ़स मिलती है कि उससे भी अधिक कष्ट भोगनेवाले मौजूद हैं। कुछ इस बात से ढाढ़स मिलती है तो कुछ इस बात से कि अवस्था के इस चरण में पहुँचकर किसी-न-किसी व्याधि का आना तो अनिवार्य ही मानना चाहिए—जो सब बूढ़ों के साथ, वह मेरे साथ। मैंने पाया कि हर बुढ़ऊ इस ढाढ़स के बल पर चलता रहता है, और यह उसे आत्मानुकम्पा से बचाती है। शरीर का एक अंग रुग्ण हो जाए तो दूसरे अंगों की सलामती के बारे में सोचो तो मन ठिकाने पर आने लगता है। तब मन में खीज नहीं उठती, बल्कि शुक्रगुज़ारी का-सा भाव मन में उठता है कि 'हे रब्ब जी! तुमने मुझे घुटनों का दर्द तो नहीं दिया!'

और मैंने पाया कि मैं ऐसे ही नुस्ख़े ढूँढ़ता फिर रहा हूँ, कि मेरे जैसे और बुढ़ऊ अपनी दुःसह स्थिति से पार पाने के लिए कैसी-कैसी तरकीबें ढूँढ़ते रहते हैं, और मैंने कितने ही गुर सीख लिये हैं।

दोपहर के वक़्त पार्क में जा बैठता हूँ। वहाँ किसी-न-किसी बेंच पर कोई न कोई बूढ़ा बैठा मिलता है। दोपहर ढलते ही वे उठ जाते हैं। धूप किसी दीवार पर से सरकने लगती है तो उनके घर लौटने का वक़्त हो जाता है। पर जाने से पहले कोई नुस्ख़ा बता जाते हैं। और मैं ऐसे नुस्ख़े बटोरता फिरता हूँ।

एक नुस्ख़ा तो मुझे यह मिला :

'इस मन भोंदू को पकड़ बिठाइए!'

उस रोज़ लाला सेवकराम सुना रहा था। न जाने किसी आर्यसमाजी गीत की पंक्ति सुना रहा था! मेरे घुटने पर हाथ रखकर कहने लगा, "इस गीत में कहा है, मन भोंदू को पकड़ो। इस मन को क़ाबू में रखो। नहीं तो जी, अकेले आदमी का मन सारा वक़्त भटकता रहता है। जब भी भटकने लगे, पीछे मुड़-मुड़कर देखने लगे, इसकी लगाम खींच लो। पीछे मुड़-मुड़कर देखने का मतलब है—पछतावा, ईर्ष्या, द्वेष...ज़िन्दगी में क्या खोया, क्या पाया, कहाँ तक पहुँचे! जो झोला लेकर चले थे, वह कितना भर पाया! मन ऐसी बातें सोचने लगे तो चाबुक मारकर उसका सिर आगे की ओर कर दो।...ज़िन्दगी में जो तीर तुमने चलाने थे, चला लिये—कुछ मिला, हासिल हुआ, नहीं हुआ, तुम्हारी बला से।... क्यों जी, मैंने ठीक कहा है न? पछतावा करोगे तो तुम्हें कुछ हासिल नहीं होगा, और अपना ढिंढोरा पीटोगे तो भी तुम्हारे गले में हार डालने कोई नहीं आएगा।... क्यों जी, मैंने ठीक कहा है न?..."

मुझे लगा, जैसे लाला सेवकराम को बहुत दिन बाद कोई श्रोता मिला है, क्योंकि वह अपना प्रवचन सुनाने के मूड में था।

"मेरा दिन कटते नहीं कटता था।" वह कह रहा था, "कभी एक सोच में डूबा, कभी दूसरी में।" फिर मेरी कोहनी पर हाथ रखकर बोला, "मैंने एक और तरकीब भी निकाली है।" और मेरे कान के पास अपना मुँह ले जाकर बोला, "मैं अपने-आपसे बातें करने लगा हूँ।... अपने से झगड़ता भी हूँ, अपने को जली-कटी भी कहने लगा हूँ, उलाहने भी देता हूँ, अपनी खिल्ली भी उड़ाता हूँ, सवाल-जवाब भी करता हूँ," वह कहे जा रहा था, "नहीं तो मेरे घर में कौन बैठा है जो मेरे साथ बातें करे? सभी अपने-अपने

काम में लगे रहते हैं...इससे भी मुझे लाभ हुआ है। अब मैं इतना अकेला महसूस नहीं करता। लगता है, मुझे एक साथी मिल गया है।''

वह मेरी ओर देखने लगा, मानो अपनी बात का प्रभाव मेरे चेहरे पर देखना चाहता हो!

''बात यों हुई, उस दिन मैं ग़ुसलख़ाने में नहा रहा था। जब मेरे मसनूई दाँत, जिन्हें मैं हाथों में लिये धो रहा था, सहसा छिटककर बेसिन में जा गिरे। झट से मेरे मुँह में से निकला, 'अगर फ़र्श पर जा गिरते तो? अगर टूट जाते तो यहाँ कौन बैठा है तेरे दाँत मरम्मत करवानेवाला? और टूटा हुआ डेंचर भी कभी मरम्मत हुआ है? तू सँभलकर काम नहीं कर सकता क्या?...' मैं समझ गया कि मुझसे बड़ी लापरवाही हुई थी। अगर डेंचर बेसिन में न गिरकर फ़र्श पर जा गिरता तो मेरे लिए बहुत बड़ी परेशानी पैदा हो सकती थी।

''यहाँ से शुरू होकर अब यह मेरा शगल ही बन गया है।''

वह मुस्कराया, और देर तक मेरी ओर देखता रहा।

''इससे मेरा अकेलापन बहुत-कुछ जाता रहा है। और मुझमें थोड़ी चुस्ती भी आ गई है। ...कल ही मैं अलमारी के सामने खड़ा फ़ैसला नहीं कर पा रहा था कि कौन-सी कमीज़ निकालकर पहनूँ, तब झट से आवाज़ आई, 'एक कमीज़ तक चुनना तेरे लिए कठिन हो रहा है, बुढ़ऊ? तुम्हें और कोई काम नहीं है? बाँका बनकर बाहर निकलना चाहता है?'

''और मैंने झट से फ़ैसला कर लिया और हाथ बढ़ाकर कमीज़ निकाल ली।''

लाला सेवकराम के चेहरे पर गहरे सन्तोष का भाव झलक रहा था। मेरे घुटने पर हाथ रखकर बड़ी आत्मीयता से बोला, ''कुछ समय से मैं अपने साथ एक खेल खेलने लगा हूँ। जब मैं छोटा था तो बैठा-बैठा अनुमान लगाया करता कि अगला दिन कैसा होगा। जैसे पहली बार किसी सड़क पर चलते हुए राहगीर कहे कि सड़क का मोड़ काटने पर कैसा दृश्य आँखों के सामने खुलेगा। कुछ-कुछ वैसे ही, जैसे नाटक में होता है कि पर्दा उठने पर कैसा दृश्य देखने को मिलेगा, मुझे लगा करता था, जैसे मैं अपने जीवन का नाटक देख रहा हूँ। अगला दिन कैसा होगा, यह एक तरह से खेल ही था। जैसे कोई व्यक्ति नदी में तैर भी रहा हो और अपने को तैरता देख भी रहा हो!

''अब मैं फिर से अनुमान लगाने का खेल खेलने लगा हूँ। इससे भविष्य के बारे में अनुमान लगाता हुआ मैं अपने प्रति कुछ-कुछ तटस्थ-सा होने लगा हूँ। जो कुछ घट रहा है, वह घट तो मेरे साथ ही रहा है पर अब मैं इसे दूर से घटता देख रहा हूँ। अनुमान लगाने का खेल खेल रहा हूँ। हर बूढ़ा आदमी अपने साथ इस तरह के खेल खेलता रहता है।

''इसी खेल-खेल में मैं कई बार अनुमान लगा चुका हूँ कि मैं कैसी मौत मरूँगा, किस रोग से मरूँगा। मैं कब मरूँगा, इसका भी अनुमान लगाता रहता हूँ। पर मेरे अनुमान बदलते भी रहते हैं। जिस दिन पार्क में घूमते हुए पाँव बोझिल हो उठें, चलने की जगह पाँव घिसटने लगे, साँस फूलने लगे, तो अनुमान में संशोधन करना ज़रूरी हो जाता है। तब मैं अनुमानित आयु में से छह महीने-साल घटा देता हूँ।

''पर मैं कैसी मौत मरूँगा, इसको लेकर ढेरों अनुमान लगा चुका हूँ। एक अनुमान लगाता हूँ तो उसे काटने का उपाय भी अपने लिए ढूँढ़ लेता हूँ। क्या मैं सड़क पर दुर्घटना से मरूँगा? जब अपने को सड़क पर पड़ा पाया, धूल-मिट्टी और ख़ून से लथपथ तो उसी दिन मैंने अपना नाम और पता लिखकर जेब में डाल लिया। मैंने साथ ही साथ अँधेरा पड़ने से पहले घर पहुँच जाना शुरू कर दिया। पटरी पर चलने लगा। तीन-तीन बार, आगे-पीछे देखकर सड़क पार करने लगा। अब उम्मीद कम है कि दुर्घटना में मरूँगा।...'' उसने आश्वस्त होकर कहा।

''कुछ रोग हैं जो मुझे नहीं हो सकते, मतलब कि सम्भावना कम है। जो अभी तक नहीं हुए तो आगे क्योंकर होंगे, ऐसा मैं सोचता हूँ। रोगों के बारे में अनुमान लगाते हुए अब मुझे डर नहीं लगता। लगता है, किसी अन्य व्यक्ति के बारे में अनुमान लगा रहा हूँ। जब साँस फूलती है तो लगता है, यही मेरी मौत का कारण बनेगी। यही मेरी घात में बैठा है। अब इससे मैं अपने को कैसे बचा सकता हूँ? हल्की-सी भी खाँसी उठे तो झट से उठकर पानी का घूँट भर लेता हूँ। दो-तीन बार तो ऐसा कर चुका हूँ, फिर मन ने कहा—मारो गोली, जो होगा, देखा जाएगा। हर बार खाँसी उठे तो क्या मैं उठ-उठकर पानी के घूँट भरता रहूँ? मैं कैसे जानूँ, किस खाँसी पर मुझे मरना है? और जिस खाँसी पर मरना है, वह तो मेरे पानी के घूँट भरने से रुकेगी नहीं, क्यों जी?

"तब से मैंने मौत से बचने का ख़याल छोड़ दिया है। मौत का आना तो अनिवार्य है, उसे तो मैं रोक नहीं पाऊँगा, भले ही उसके पहुँच जाने पर भी पानी के घूँट भरता रहूँ, या बच-बचकर चलता रहूँ और अँधेरा पड़ने से पहले घर पहुँचता रहूँ। मैं केवल इतना ही कर सकता हूँ कि स्वयं उसे बुलाऊँ नहीं। क्यों जी, मैंने ठीक कहा है?..."

मेरी नज़र सामने की दीवार पर पड़ी। दीवार से धूप नीचे बहुत-कुछ सरक आई थी। लाला सेवकराम के उठने का समय हो चला था, पर वह अभी भी बोले जा रहा था। लाला सेवकराम ज़रूर कभी स्कूल का अध्यापक अथवा किसी धार्मिक संस्था में उपदेशक रहा होगा।

"जब से मुझे इस बात का अहसास होने लगा था कि मेरी दुनिया सिमट रही है, और मैं बुढ़ापे की चारदीवारी में बन्द होता जा रहा हूँ तो बाहर की दुनिया के रंग मेरे लिए फीके पड़ने लगे हैं।...कुछ दिन पहले मेरी जान-पहचान के एक बुज़ुर्ग की मृत्यु हुई। मैं अन्तिम क्षणों में उसकी खाट के पास ही बैठा था। उसके अंग-प्रत्यंग तो निस्पन्द हो चुके थे पर उसका दिल अभी भी धक्-धक् कर रहा था, और पास में बैठा डॉक्टर इस इन्तज़ार में था कि कब दिल का धड़कना बन्द हो और वह मृत्यु की घोषणा करे।

"कमरे में जगह-जगह बुज़ुर्ग का सामान रखा था। खाट के निकट ही खूँटी पर उसका कोट टँगा था, उसके ऊपर उसकी टोपी। खाट के नीचे उसके जूते पर एक जूता एक जगह तो दूसरा पैर खाट के नीचे, दूर कहीं पड़ा था। मुझे झटका-सा लगा। दोनों जूते, साथ-साथ, जोड़े की शक्ल में रखे हों, तो इसका मतलब है, आदमी ज़िन्दा है। उसकी जिजीविषा जैसे उन्हें जोड़े रखती है। पर यदि एक पैर एक जगह और दूसरा उससे अलग दूर कहीं पड़ा हो तो इसका मतलब है, दोनों को एक साथ बनाए रखनेवाला तत्त्व टूट रहा है। मुझे भास हुआ कि चीज़ों का जुड़ाव टूट रहा है। मतलब कि मौत यहाँ पहुँच चुकी है। इस आदमी के मरने की देर है कि सब कुछ बिखर जाएगा, इसके लिए असंगत हो जाएगा, हर चीज़ के साथ इसका नाता टूट जाएगा, सब कूड़ा हो जाएगा।

"न जाने किस भावावेश में मुझे ख़याल आया कि मैं उसका दूसरा जूता खाट के नीचे से निकालकर पहले जूते की बग़ल में रख दूँ। फिर सहसा ही मेरे मन में यह बात कौंध गई कि अब इसका कोई अर्थ नहीं रह गया है। जहाँ

पड़े हैं, पड़े रहें। इनके मालिक के साथ इनका सम्बन्ध टूट चुका है। वे इसके लिए निरर्थक हो चुके हैं। ये अपनी सार्थकता, अपना अस्तित्व खो बैठे हैं। हर चीज़ का अस्तित्व उसी वक़्त तक है जब तक आप ज़िन्दा हैं। उसके बाद बिखराव ही बिखराव है। नाता टूट जाए तो व्यक्ति से जुड़ी हर चीज़ बिखर जाती है।''

फिर सहसा ही लाला सेवकराम हड़बड़ाकर उठ खड़ा हुआ। धूप दीवार पर से उतर चुकी थी और ज़मीन पर साया फैलने लगा था। अक्सर वह धूप उतरने से पहले ही छड़ी उठाकर चल देता था पर आज बहुत देर हो चुकी थी। वह बिना कुछ कहे, बिना दुआ-सलाम किए, अपनी छड़ी टेकता हुआ, कन्धे झुकाए, पार्क के बाहर जाने लगा था।

बुढ़ऊ लोगों के व्यवहार में मैंने यह भी देखा है कि वह दुआ-सलाम की औपचारिकता नहीं निभाते। चुपचाप उठकर चल देते हैं। क्षण-भर पहले जिस आदमी से हँस-बोल रहे थे, पलक झपकते ही उसकी ओर से पीठ मोड़ लेते हैं, वह उनके लिए फिर से अजनबी हो जाता है। मैं लाला सेवकराम के इस व्यवहार को पहले भी कई बार देख चुका था।

इसके बाद लाला सेवकराम सहसा ही जैसे अन्तर्धान हो गया। दिन पर दिन, सप्ताह पर सप्ताह, महीने पर महीना बीतने लगे, वह नज़र नहीं आया। मुझे अचम्भा हुआ। यह क्या कौतुक है? जो आदमी नियम का इतनी दृढ़ता से पालन करता था, और जो यहाँ आए-दिन बेंच पर बैठा होता, सहसा कहाँ ग़ायब हो गया होगा? एक ही बात की आशंका मुझे हो सकती थी कि दुनिया से रुख़्सत हो गया होगा।

पर शायद दो महीने बाद उसके फिर से दर्शन हो गए। वह चंगा-भला था, और पहले की तरह मेरे घुटने पर हाथ रखकर और मेरे कान के पास अपना मुँह ले जाकर मुझे बिना पहचाने, ज़िन्दगी-मौत के बारे में अपने भेद बता रहा था।

''एक रोज़ मैं यहाँ से लौटकर अपने घर गया तो मेरी बेटी मुझसे कहने लगी, 'बाबा, आप सारा वक़्त निठल्ले बैठे रहते हो, कुछ काम किया करो।' यह सुनकर मेरे अन्दर खीज-सी उठी। कर लिया, जो करना था। हर काम का अपना समय होता है। अब क्या करूँगा, कुछ सूझता ही नहीं। इस पर वह बोली, 'सारा वक़्त अपनी ही उधेड़बुन में खोए रहते हो तो सूझेगा क्या?

आपको अपने से ही फ़ुर्सत नहीं।' इस पर मैंने खीजकर पूछा, 'तुम क्या चाहती हो, क्या करूँ?' तो बोली, 'आप अपने दोहते को पढ़ा ही दिया करो।' इस पर मैंने इनकार कर दिया, 'इस उम्र में मैं इसे क्या पढ़ाऊँगा और फिर, आजकल बच्चों के कोर्स बदल चुके हैं, वे मेरी समझ में ही नहीं आएँगे।'

"'उसके सिर पर इम्तहान की तलवार टँगी है, बाबा! उसे अच्छे नम्बर नहीं मिले तो अगली कक्षा में उसे दाख़िला नहीं मिलेगा।'

"पर मैं नहीं माना। हर काम का वक़्त होता है। अब फिर से स्कूल की किताबें पढ़ो और बच्चों को पढ़ाओ, मेरे बस का नहीं है। बात ख़त्म हो गई।

"पर उस रात जब मैं सोने के लिए बिस्तर पर लेटा हुआ था तो कुछ ही देर बाद मेरा आत्म-संवाद शुरू हो गया, 'तुम्हारे मस्तिष्क पर सारा वक़्त मौत छाई रहती है। सारा वक़्त बुढ़ापे का ही रोना रोते रहते हो।...'

"मैं चौंका, बात तो ठीक थी। पर मानो, अपनी सफ़ाई देते हुए बोला, 'मौत के इतना नज़दीक पहुँच चुका हूँ तो उसके बारे में सोचूँगा नहीं?'

"'मौत तो सारा वक़्त हर आदमी के निकट रहती है। तुम्हारे भाई के नज़दीक नहीं थी क्या? वह तो आज से तीस बरस पहले चला गया। भरी जवानी में। तुम तो बूढ़े होकर मरोगे। पूरी ज़िन्दगी जीकर। फिर भी सारा वक़्त मौत का रोना रोते रहते हो।'

"'हर काम का अपना वक़्त होता है...'

"थोड़ी देर तक हमारे बीच चुप्पी छाई रही। फिर जब मैं सोने की चेष्टा करने लगा तो धीमी-सी आवाज़ आई, 'तुम ठीक कहते हो। अधमरी मानसिकता से कोई क्या काम करेगा!' आवाज़ में व्यंग्य की तीखी चुभन थी।

"'मन में शिथिलता अवस्था के कारण आती है।' जवाब आया।

"'सड़कें पार करते समय तो तुम्हारा मन बड़ा चौकस होता है। और खाँसी आए तो झट से पानी के घूँट भरते हो।'

"'तुम कहना क्या चाहते हो?'

"'मैं कुछ नहीं कहना चाहता। तुमने मन की शिथिलता की बात कही तभी उस ओर ध्यान चला गया।'

"'तुम मुझे नसीहत नहीं दिया करो।'

"'तुम्हें नसीहत कौन दे सकता है? तुम तो पहुँचे हुए इनसान हो।'

"'बको मत!' मैंने चिढ़कर कहा।

"हमारे बीच चुप्पी छा गई। मैंने करवट बदल ली। कुछ देर बाद उसकी फिर से आवाज़ आई, 'काम करना व्यक्ति तभी छोड़ देता है जब दिल में उत्साह मर जाए...'

"वह फिर से पीछे पड़ गया था। मैंने करवट बदल ली।

"'तुमने ज़िन्दगी की ओर खुलनेवाले सभी दरवाज़े बन्द कर दिये हैं, केवल मौत के आने का दरवाज़ा खुला है। तुम सँभल-सँभलकर चलना चाहते हो ताकि तुम्हें मरने में दिक़्क़त न हो। तुम जीना नहीं, सँभल-सँभलकर मरना चाहते हो। मरने का पूर्वाभ्यास कर रहे हो; मरने की रिहर्सल कर रहे हो।' फिर धीरे से बुदबुदाया, 'गँदले पानी में लहरें नहीं उठतीं।'

"मैं उसकी लेक्चरबाज़ी से परेशान होने लगा था और बार-बार करवटें बदल रहा था। पर वह बराबर बोले जा रहा था, 'तुम्हारा दायरा अतीत से हर बार वर्तमान पर नहीं आया, केवल तुम पर आया है, शेष सब कुछ तुमसे दूर होता जा रहा है, पर तुम्हारा अपना अस्तित्व बराबर केन्द्र में बना हुआ है। वर्तमान के केन्द्र में ही नहीं, समूचे जीवन के केन्द्र में। तुम्हें छींक भी आए, खाँसी भी उठे, ज़रा-सा पाँव भी फिसले तो तुम्हारे लिए भूचाल आ जाता है। अपनी ही ओछी-सी ज़िन्दगी का लेखा-जोखा करते रहते हो... तुम कुछ साल और जी गए तो तुम्हारा नाम भगवान की 'गिनीज़ बुक' में नहीं लिखा जाएगा, और अगर जल्दी मर गए तो प्रलय नहीं आ जाएगी।...'

"वह बोलता गया। मैं करवटें बदलता रहा, कुढ़ता-बड़बड़ाता रहा, यहाँ तक कि उसे गालियाँ भी देता रहा। फिर लगा, जैसे विष की बूँदें मेरे कानों के अन्दर घुसने लगी हैं, घुसती जाती हैं और जैसे मेरे कान खुलते जा रहे हैं और बूँदों की जलन कम होती जा रही है! मैं उसके उलाहने सुन रहा था, पर पहले जैसी खीज नहीं उठ रही थी।

"सहसा ही मैं उठकर बैठ गया। मेरे मुँह से निकला—साला कहता तो ठीक है।"

लाला सेवकराम एकटक मेरे मुँह की ओर देख रहा था। फिर उसने बड़ी आत्मीयता से मेरे घुटने पर हाथ रखा।

"मैं दूसरे दिन से लड़के को पढ़ाने लगा।...जब वह लड़का कोई सवाल ठीक से हल कर ले तो उसका चेहरा देखते बनता है। वह ऐसा खिल उठता है, जैसे कमरे में रोशनी छिटक गई हो! जैसे कोई फूल खिल उठा हो! मैं यही देख-देखकर पुलक-पुलक जाता हूँ और चाहता हूँ कि बार-बार देखने को मिले..."

[*अक्षरा*, नवम्बर-दिसम्बर, 2002]

दुलारी के प्रेमी

वेश्यालय क्या था, कच्ची कोठरियों की पाँत थी! सामने बड़ा-सा आँगन—ऊबड़-खाबड़, फ़र्श जगह-जगह से टूटा हुआ। बारिश होकर हटी थी और आँगन में कीच ही कीच था। ऊपर जानेवाली लकड़ी की सीढ़ी झूलती थी। सीढ़ी में दो-तीन डंडे टूटे हुए थे। साथवाले आँगन की भी स्थिति ऐसी ही रही होगी, और उससे अगले आँगन की भी।

मैं उन्हीं क़दमों लौट पड़ा। सिर के बाल सफ़ेद हो जाएँ, चेहरे पर झुर्रियाँ उतर आएँ, तो वेश्यालय की गलियों में घूमने में पहले जैसा संकोच नहीं होता। बस, अजीब बेचैनी-सी मन में उठती है। सुबह का वक़्त था और चारों ओर अजीब वीरानी का-सा भास हो रहा था। लगता, जैसे भूखे भेड़िये बस्ती रौंदकर चले गए हों! इक्का-दुक्का वेश्याएँ, अस्तव्यस्त-सी, उलझे बाल, इधर-उधर घूम रही थीं, कहीं बतिया रही थीं, तो कहीं एक-दूसरी से उलझ रही थीं।

मैं आँगन पार करके आ गया। गली में रोहिणी अपनी दोनों साथिनों के साथ खड़ी थी।

"बड़ी जल्दी लौट आए, पापा!" रोहिणी हँसकर बोली, "मैं भी जब यहाँ आने लगी थी, तो शुरू-शुरू में बहुत घबराती थी। दिन के वक़्त भी डर लगता था।"

रोहिणी और उसकी दोनों साथिनों—सरस्वती और विद्यावती—ने वेश्यालय में एक 'सहायता केन्द्र' खोल रखा है।

"पर मेरी साथिनों में अधिक दृढ़ता थी।" रोहिणी कह रही थी, "उन्होंने निश्चय कर रखा था कि यहाँ पर कुछ-न-कुछ तो करेंगी और नहीं तो छोटा-सा चिकित्सालय ही खोल देंगी, जहाँ इनकी चिकित्सा हो सके। इन्हें

पढ़ना-लिखना सिखा देंगी, अक्षरबोध करा देंगी। थोड़ा सीना-पिरोना, कढ़ाई-बुनाई सिखा देंगी। कुछ तो करेंगी ही...''

हम लोग गली में 'सहायता केन्द्र' की दिशा में आगे बढ़ने ही लगे थे, जब ऊपर, एक चौबारे में से आवाज़ आई, ''आ गई, बीबी? आज सुबह-सुबह कैसे चली आई?''

मैंने सिर उठाकर ऊपर की ओर देखा। खिड़की के पीछे एक गदराए शरीर की, बड़ी उम्र की औरत अपने सामने पानदान रखे बैठी गिलौरी बना रही थी। मैं समझ गया कि यही वेश्यालय की 'बाई' होगी—वेश्यालय की मालकिन। कलाइयों पर ढेरों चूड़ियाँ, कानों में लटकते झुमके।

''बाबा हमारा केन्द्र देखने आए हैं।'' रोहिणी बोली।

''देखो, देखो,'' उसने कहा, फिर हँसकर बोली, ''पर हमारी किसी बच्ची को बरगलाना नहीं।'' और फिर सुपारी काटने में व्यस्त हो गई।

हम आगे बढ़ चले, तो रोहिणी बोली, ''यही वेश्यालय की सर्वेसर्वा है, पापा, मालकिन समझ लो। बड़ी चंट है। जब चाहे किसी को पिटवा दे, पकड़वा दे, मरवा डाले। यही इन लड़कियों की कमाई खाती है, इनकी देह के सौदे करती है। पर, पापा, इसे बेसवा बहुत मानती हैं। अजीब है न! एक बार, मेरे खड़े-खड़े एक बेसवा लड़की 'बाई' के पास आई, यह कहती हुई कि उसका सिर दर्द कर रहा है, और अपना सिर इसकी जाँघ पर रख दिया और 'बाई' उसका सिर थपथपाने लगी, देर तक उसे दुलारती रही। कोई ग्राहक किसी लड़की के साथ ज़ोर-ज़बर्दस्ती करे, तो उसे पिटवा भी देती है। बेसवा इसे बहुत मानती हैं। पर एक बार लड़की यहाँ पहुँच जाए, तो यहाँ से निकल नहीं सकती। यह वेश्यालय ही नहीं, जेलख़ाना भी है।''

'सहायता केन्द्र' साथ-साथ लगी हुई कोठरियों में स्थापित किया गया था। ये कोठरियाँ वेश्यालय का ही अंग रही होंगी। सामने बरामदा। बरामदे में दो बेंच और दो-तीन मूढ़े रखे थे। रोहिणी मेरा हाथ पकड़े, बड़े उत्साह से मुझे एक-एक कोठरी दिखा रही थी और मैं सचमुच गहरे में प्रभावित हो रहा था कि ऐसी जगह पर, जहाँ कुछ भी इनके अनुकूल नहीं था—न अधिकारी, न वेश्यालय के भड़वे, न यह 'बाई', न ही पुलिस—फिर भी, ये लोग अपनी निष्ठा के बल पर कामयाब हो गई थीं। ये आई तो होंगी सद्भावना से प्रेरित होकर, पर शीघ्र ही सद्भावना ने कर्मठता का रूप ले लिया होगा।

"बड़ी कठिनाइयाँ थीं, पापा! पहले हमने सोचा, बेसवाओं के साथ मेल-जोल बढ़ाएँगी, उनका विश्वास प्राप्त करेंगी, पर पापा, कोई भी बेसवा अपने बारे में कुछ भी बताना नहीं चाहती। कुछ भी पूछो, तो चुप्पी साध लेती थीं। अपना असली नाम तक न बतातीं। न अपने माँ-बाप का, न अपने गाँव-क़स्बे का अता-पता। यह सवाल ही पूछो, तो चौंककर हमारे मुँह की ओर देखने लगतीं। आँखों में ऐसा भाव, मानो हिरन के सामने शिकारी पहुँच गया हो! अगर तुम बेसवा का नाम-पता पूछने लगो, तो तुम कभी भी उसके विश्वासपात्र नहीं बन सकते। हमने सोचा—इन्हें अक्षरबोध कराएँगी, पर किसी को भी इसमें रुचि नहीं थी। जब हम कहतीं, 'दो अक्षर पढ़ जाओगी तो ख़त-पत्तर लिख सकोगी,' तो इनका जवाब होता, 'हमें किसको ख़त-पत्तर लिखना है?' हम दवा-दारू की बात करतीं, तो इस पर भी वे सिर हिलाने लगतीं। सभी अपना रोग छिपाती हैं। यहाँ भी वे चुप्पी साध लेतीं। छाती में खाँसी उठे, आँखों के सामने अँधेरा आए, इनसे पूछें भी तो ये चुप बनी रहती थीं। इधर पास ही में, नुक्कड़ पर एक पनवाड़ी बैठता है। उससे न जाने क्या लेने पहुँच जाएँगी, पर यहाँ दवाई लेने नहीं आएँगी।

"पर धीरे-धीरे अब कोई-कोई हमारे साथ खुलने लगी हैं। किसी के मन में क्या है, उसकी भी झलक कभी-कभी मिलने लगती है। हर वेश्या के अन्दर अपना एक संसार होता है, जिसकी झलक बाहरवालों को नहीं मिल पाती।" रोहिणी कहे जा रही थी, "यहाँ एक लड़की है, बड़ा अच्छा बुनाई का काम करने लगी है। जब भी बुनाई करे, छोटे बच्चों के लिए ही कुछ-न-कुछ बनाती है। कभी बुन्दे वाली टोपी, कभी छोटे-छोटे मोज़े। इसके अलावा कुछ सीखना ही नहीं चाहती। पूछो, तो कहती है, 'इसी पर मेरा हाथ चलता है...' कोई तो होगा, जिसके लिए यह मन-ही-मन टोपियाँ-मोज़े बनाती रहती है..."

रोहिणी अपने 'सहायता केन्द्र' को लेकर अपने अनुभव सुनाए जा रही थी कि अचानक बोली, "लो जी, वह दुलारी चली आ रही है।"

मैंने मुड़कर देखा, वेश्यालय के आँगन की ओर से मँझोले क़द की एक वेश्या चली आ रही थी—उलझे बाल, उम्र में बीस-बाईस की रही होगी, साँवला मानो धूप में तपा चेहरा, खोई-खोई-सी चाल।

"कहाँ चल पड़ी, दुलारी?" पास से गुज़री, तो रोहिणी ने पूछा।

इस पर मुड़कर बोली, "इधर पनवाड़ी बैठता है न, उसी के पास जा रही हूँ। अभी आऊँगी..."

जब वह दूर चली गई, तो रोहिणी हँसकर बोली, "झूठ बोलना कोई दुलारी से सीखे। पहले मुँह नहीं खोलती थी, और अब बोलती है तो झूठ ही झूठ। बात-बात पर झूठ बोलती है।" फिर मेरी ओर देखकर कहने लगी, "अब तक अपनी दसियों कहानियाँ सुना चुकी है, पर एक का मेल दूसरी से नहीं बैठता। कुछ पता नहीं चलता—सच क्या है और झूठ क्या!"

"यह झूठ नहीं बोलती, यह झूठ गढ़ती है।" रोहिणी की साथिन सरस्वती ने जोड़ा।

"झूठ गढ़ना भी तो बहुत बड़ी कला है।" मैंने कहा।

दुलारी अब तक दूर जा चुकी थी। गली के मोड़ पर गन्दे पानी के दो छोटे-छोटे पोखर एक ही छलाँग में पार करके वह बाईं ओर को घूम गई।

"एक दिन मैं अपनी रिपोर्टें पढ़ रही थी," सरस्वती बहन कह रही थी, "हम तीनों ने अपने-अपने रजिस्टर बना रखे हैं, जिनमें हर बेसवा के बारे में जो जानकारी मिलती है, लिखती रहती हैं। इस दुलारी की कहानी भी हम तीनों ने लिख रखी है, पर तीनों बेसिर-पैर की, कहीं कोई मेल नहीं बैठता।"

"मुझसे कहती थी, मैं दस बरस की थी, जब घर से भाग गई थी।" रोहिणी ने कहा।

इस पर विद्या बहन खिलखिलाकर हँस पड़ी, "मुझे उसने बताया था कि वह तेरह बरस की थी, जब माँ-बाप ने एक कुबड़े के साथ उसका ब्याह कर दिया था।"

"फिर?"

"दोपहर को बारात वाले उसे पालकी में बैठाकर अपने गाँव की ओर जाने लगे। रास्ते में जंगल पड़ता था। कहती थी, 'जब अँधेरा उतर आया, तो मैंने पुकारकर कहा—मुझे पेशाब लगा है। मैं पालकी में से उतरी और सीधी जंगल में घुस गई और उनसे नज़र बचाकर भागने लगी। भागती जाऊँ और भागती जाऊँ। कुछ दूर जाकर मैं एक पेड़ पर चढ़कर बैठ गई। अँधेरा घना हो आया। वे लोग मुझे ढूँढ़ते रहे, देर तक पुकारते रहे, पर जब मैं नहीं मिली तो बड़बड़ाते, गालियाँ बकते लौट गए। आधी रात को मैं पेड़ पर से उतरी और भागमभाग, सवेरे तक मैं कहाँ से कहाँ पहुँच गई।'"

"मतलब कि उसका ब्याह हुआ था?"

"हुआ था या नहीं हुआ था, वही जाने! पर यह कभी नहीं बताती कि यहाँ कैसे पहुँची।"

"फिर, जंगल में से भाग आई तो क्या हुआ?" मैंने पूछा।

"वह सड़क पर चली जा रही थी, जब उसे बनजारों का एक टोला मिला। वे जगह-जगह नाच-गाकर अपनी रोज़ी कमाते थे। कहती थी, 'मैं भी उनके साथ-साथ जाने लगी। जगह-जगह खेल-तमाशा करने लगी। मैं नाचती थी न, बीबीजी, मुझे नाचना बहुत अच्छा लगता था। गाँव में भी मैं मेले-ठेले पर देर-देर तक नाचती रहती थी। कभी थकती ही नहीं थी। ...मैं बनजारों के साथ गाँव-गाँव घूमती फिरती थी। कभी पहाड़ों पर, कभी नदी किनारे। मुझे बहुत अच्छा लगता था। टोलेवाले जहाँ कहीं डेरा डालते, मैं वहीं उनके साथ पड़ी रहती।'" सुनाते-सुनाते सरस्वती बहन हँसने लगी।

"क्यों, हँसती क्यों हो?"

सरस्वती अपना रजिस्टर बन्द करते हुए बोली, "मुझसे कहती थी, 'बीबीजी, ये गीत, जो बनजारे गाते हैं न, बड़े अश्लील होते हैं। एक-एक बोल के दो-दो मतलब होते हैं। इसी टोले के एक बनजारे के साथ मेरी आशनाई हो गई। वो बनजारा मुझे बहुत मानता था। बीबीजी, बड़ा बाँका जवान था। पतली-पतली मूँछें, गोरा-चिट्टा। मुझ पर लट्टू हो रहा था। मुझसे कहता था—चल, यहाँ से भाग चलें। अलग से अपनी नाच-टोली बनाएँगे, तू और मैं। शहर-शहर, गाँव-गाँव घूमा करेंगे। बहुत कहता था। पर उसकी बनजारन को हमारी आशनाई का पता चल गया। वह मेरे पीछे पड़ गई। ये बनजारे पीछे पड़ जाएँ, तो जान से मार डालते हैं। उस टोले में एक बुढ़िया थी। उसने मुझसे कहा—यहाँ से भाग जा। नहीं तो इसकी बनजारन तुझे ज़हर दे देगी। तो एक रात मैं वहाँ से भाग आई।'"

सरस्वती ने अपना ब्यौरा सुनाया, तो विद्या बहन बोली, "अपने भागने का जो क़िस्सा उसने मुझे सुनाया, वह तो कुछ और ही था।"

"वह क्या था?" मैंने उत्सुकता से पूछा।

"मुझे बताया कि गाँव में वह दिन-भर खेत पर काम करती थी। एक दिन उसे लौटने में देर हो गई। कहने लगी, 'हमारे पड़ोसवाले गाँव में एक

छोरा रहता था। वह रोज़ अपने गाँव से आकर हमारे गाँव में चक्कर लगाता रहता था। हमारे खेत की मेंड़ पर बैठा रहता। कभी मुझ पर कंकड़ फेंकता, कभी कवित्त गाने लगता। उस दिन जब मैं घर जा रही थी, तो मेरे पीछे-पीछे आने लगा। पास में आकर बोला, 'दुलारी, चल, भाग चलें।' मैंने कहा, 'मैं क्यों भागूँ?' वह बोला, 'नहीं चलेगी, तो मैं मन्तर पढ़कर तुझे बस में कर लूँगा।' मैंने कहा, 'पढ़ तो मन्तर। कर ले मुझे बस में।' वह बोला, 'करूँगा, करूँगा, करूँगा।' उसने मुझे तीन हरी मिर्चें दीं, जो कहीं से तोड़ लाया था। मैंने सोचा—इन मिर्चों से मुझे बस में करेगा? कहने लगा, 'मिर्चें मुट्ठी में ही रखे रहना। आधी रात को जब तू आँखें खोलेगी, तो मेरे बस में होगी। तब तू घर से निकलकर मेरे पास आ जाएगी। मैं गाँव के बाहर, कुएँ की जगत पर बैठा, तेरी राह देखूँगा।' जब मैं घर पहुँची, तो अँधेरा पड़ चुका था। माँ बहुत बिगड़ी। माँ को बड़ी जल्दी क्रोध चढ़ जाता था। मेरे हाथ में मिर्चें देखीं, तो बोली—यह क्या है? कहाँ से लाई है? —मैं क्या कहती, किसने दी हैं! उसने मिर्चें मेरे हाथ से छीन लीं और पीसकर मेरी आँखों में डाल दीं। मैं रात-भर तड़पती रही, तड़पती रही। पर जब उठी, तो पौ फट रही थी। मैं उठी और चुपचाप किवाड़ खोलकर बाहर निकल आई। भागती हुई कुएँ के पास जा पहुँची। पर वह वहाँ नहीं था। बीबीजी, क्या मालूम, रात-भर मेरी राह देखता रहा हो!...तब, बीबीजी, मैं अपने घर लौटकर नहीं गई। मैं घर से भाग आई। वह छोरा मुझे बहुत याद आने लगा था। बीबीजी, मैं सोचूँ, कौन जाने उसने सचमुच, अपने बस में कर लिया हो!...क्या मालूम, बीबीजी, अगर मेरी माँ ने मिर्चें मेरी आँखों में न डाली होतीं, तो मैं सचमुच उस छोरे के बस में होती और उसके साथ आज भी घूम-फिर रही होती। क्यों, बीबीजी?' "

"भागकर कहाँ गई?"

"कहती थी—'मैं सड़क पर चली जा रही थी, जब पीछे से एक बस आई। मैंने हाथ दिया, तो बस खड़ी हो गई। मैं बैठ तो गई, बीबीजी, पर मेरे पास पैसे तो नहीं थे न! बस वाला मुझे धक्के देकर उतारने लगा, तो एक रोठा जवान आदमी, जो मेरे पीछे खड़ा था, उसने जेब से पैसे दे दिये। जब उसे पता चला कि मेरा कोई ठौर-ठिकाना नहीं है, तो वह बोला—तू मेरे साथ चल। शहर में कहाँ मारी-मारी फिरेगी? जब ठौर-ठिकाना बन जाए, तो

चली जाना। मेरी माँ मेरे साथ रहती है।—मैं उसके साथ चली गई। वह मुझसे बहुत बड़ा था, बीबीजी, मैं तो छोटी-सी थी न! मेरे साथ बड़ा दुलार करता था। बाहर से लौटता, तो मुझे अपनी गोद में बैठा लेता। जब भी घर लौटकर आता, मेरे लिए मिठाई का दोना लेकर आता। मुझे हर जगह मेले-ठेले में अपने साथ लेकर जाता। नए-नए कपड़े सिलवाकर देता। वह ड्राइवर था, बीबीजी, लॉरी चलाता था। एक शहर से दूसरे शहर माल ले जाता था। एक बार मुझे भी साथ ले गया। कहता था—तुम्हें सारा देस दिखाऊँगा।—मुझे ख़ूब घुमाया। दिल्ली, शिमला, हरिद्वार, बनारस—जाने कहाँ-कहाँ मैं उसके साथ घूमती फिरी। पर उसकी माँ मेरी बैरन बन गई। वह घर से चला जाता, तो वह मुझसे दिन-भर काम करवाती, बर्तन मलवाती, झाड़ू लगवाती, और खाने तक को नहीं देती थी। पर जब वह लौटकर आता, तो मेरे साथ लाड़-प्यार बघारने लगती। एक दिन मैंने उस आदमी से कहा—चलो, यहाँ से भाग चलें। —पर किवाड़ के पीछे खड़ी उसकी माँ ने सुन लिया। फिर तो वह मेरे पीछे पड़ गई। वह काम पर चला जाता, तो वह डायन चूल्हे में से जलती लकड़ी उठाकर मेरे मुँह के पास ले आती, जैसे मेरा मुँह ही झुलस डालेगी। एक दिन मैं वहाँ से भाग आई। क्या करती, बीबीजी, वह चुड़ैल जो मेरे पीछे पड़ गई थी!' "

"कैसे-कैसे झूठ गढ़ती है!" रोहिणी हँसकर बोली।

"उसकी यह वार्ता यहाँ खत्म नहीं होती।" विद्या बहन कहने लगी, "आगे भी बहुत-कुछ है।"

"आगे क्या है?"

"कहती थी, 'बरसों बाद उस आदमी ने मुझे यहाँ भी ढूँढ़ निकाला।... बीबीजी, एक दिन मैं अपनी कोठरी के बाहर बन-सँवरकर बैठी थी, मैंने आँख उठाकर देखा, तो वह सामने खड़ा था। हाय, तुम कहाँ से चले आए? उसने मुझे ढूँढ़ लिया था, बीबीजी! मेरे सामने खड़ा-खड़ा रो पड़ा। मुझे बहुत चाहता था, बीबीजी! उसके बाद वह मुझसे मिलने के लिए इस कोठरी में भी आने लगा। कई बार दो-दो दिन तक यहाँ पड़ा रहता था। उसने इस शहर में एक कमरा भी किराए पर ले लिया। मैं कभी-कभी लुके-छिपे उसके कमरे में भी चली जाती थी। मुझे बहुत मानता था। एक बार वह बीमार पड़ गया और अस्पताल में था। उसने मुझे बुला भेजा। मैं उसके पास जाती रही।

उसके माथे पर पट्टी रखती थी। मुझसे कहता था—दुलारी, तू मेरे माथे पर अपना हाथ रखती है, तो मुझे बहुत सुख मिलता है।—बार-बार मेरा हाथ चूमता था। मुझे बहुत मानता था, बीबीजी!' ''

'' 'अब उसके कमरे में नहीं जाती हो क्या?' मैंने उससे पूछा, तो कहने लगी, 'एक दिन मैं उसके ठिकाने पर गई, तो कमरे के बाहर जूतों के बहुत-से जोड़े रखे थे। मैं समझ गई कि उसके घरवाले आए हैं। उसकी डायन माँ भी आई होगी, तो मैं वहाँ से चली आई। फिर नहीं गई।' ''

''दुलारी इतने ब्यौरे हमें सुना चुकी है, पर कुछ मालूम नहीं, किस ब्यौरे में कितना सच है, कितना झूठ!'' सरस्वती कह रही थी।

''आपने कभी पूछा नहीं?''

''एक बार पूछा था। वह चौंककर मेरी ओर देखने लगी थी। फैली-फैली आँखों से मेरे मुँह की ओर देखती रही थी, जैसे तन्द्रा से जागी हो! फिर मैंने नहीं पूछा।''

कुछ देर तक तो हम चुप बने रहे, फिर धीरे-धीरे उसकी स्थिति का, उसकी मानसिकता का विश्लेषण करने लगे।

''एक बात तो साफ़ है कि वह बहुत छोटी रही होगी, जब वह यहाँ पहुँची। अपनी हर 'वार्ता' में वह भागती भी रही और पेड़ों पर भी चढ़ती रही और नाचती-गाती भी थी। बड़ी नटखट, खिलन्दरे स्वभाव की रही होगी...''

मैं कह ही रहा था कि दूर से दुलारी लौटती नज़र आई। वैसी ही अलमस्त। बाँहों में एक छोटा-सा पिल्ला उठाए हुए थी। पास आई, तो विद्या बहन ने पूछा, ''यह क्या उठा लाई है, दुलारी?''

दुलारी पिल्ले की पीठ सहलाते हुए बोली, ''पिल्ला है, बीबीजी! पनवाड़ी की दुकान के सामने डोलता रहता है। मैं जाती हूँ, तो मेरी टाँगों से लिपटने लगता है।''

''तेरे साथ दुलार करता है न, दुलारी!'' विद्या ने चुटकी लेते हुए कहा, ''तुम्हें बहुत चाहता है।''

इस पर दुलारी के चेहरे पर मुस्कुराहट फैल गई। उसका चेहरा खिल उठा, ''जब भी मैं पनवाड़ी की दुकान पर जाती हूँ, तो यह भागता हुआ मेरे पास पहुँच जाता है। मेरे पाँव चाटने लगता है। मुझे बहुत अच्छा लगता है। अब देखना, दिन-भर मेरी कोठरी में बना रहेगा।'' दुलारी उसे फिर से

सहलाने लगी। पिल्ले को ऊँचा उठाकर अपना गाल उसकी पीठ पर फेरने लगी। फिर वह धीरे-धीरे चलती हुई, गली लाँघती हुई, अपनी कोठरी की ओर लौट गई।

उसके दूर निकल जाने पर विद्या बहन बोली, "कुछ दिन पहले दुलारी मेरे पास आई थी और कहने लगी, 'बीबीजी, मुझे नगरपालिका में जमादारन के काम पर लगवा दो।' मैंने कहा, 'तू जमादारन का काम करेगी, दुलारी? 'बाई' तुझे यहाँ से जाने देगी?' दुलारी ने कहा, 'आप कहोगी, तो जाने देगी।' फिर मेरे निकट आकर फुसफुसाकर बोली, 'इधर एक जमादार है न, बीबीजी, कुछ दिन से ही यहाँ गली साफ़ करने आने लगा है।' मैंने कहा, 'हाँ, है तो,' बोली, 'वह मेरे पीछे पड़ा है।' मैंने पूछा, 'क्या कहता है?' तो कहने लगी, 'वह कहता है, तू जमादारन की नौकरी पर आ जा। कुछ दिन बाद हम यहाँ से भाग जाएँगे। सीधे हरिद्वार जाएँगे। मैं वहाँ खोमचा लगाऊँगा, तू नाच-गाकर पैसे कमाना। वह मेरे पीछे पड़ा हुआ है, बीबीजी! जमादारन के काम पर लगवा दो न!'"

हम सब विद्या बहन के चेहरे की ओर देख रहे थे।

"फिर?"

"फिर क्या?" विद्या बहन बोली, "मैंने उस जमादार से पूछ लिया। जवान लड़का है। देखने में बड़ा अच्छा है। कुछ ही दिन से यहाँ आने लगा है। मैंने पूछा, तो कहने लगा, 'मैंने तो उससे कभी बात भी नहीं की, बीबीजी! मैं तो उसे जानता भी नहीं।' फिर सिर झटककर बोला, 'बीबीजी, मैं बाल-बच्चेदार आदमी हूँ। अपने बीवी-बच्चों को छोड़कर क्या इस बेसवा के साथ भाग जाऊँगा?'"

तब तक दुलारी, पिल्ले को सहलाती-पुचकारती, गली में दूर तक जा चुकी थी। वह आँगन की ओर मुड़ी, तो रोहिणी बोली, "अपनी कोठरी में बैठी कहानियाँ गढ़ती रहती है।"

मेरे मुँह से निकला, "अपनी कोठरी के अँधेरे में रंग भरती रहती है।"

[*कथन*, जनवरी-मार्च, 2002]

चीलें

चील ने फिर से झपट्टा मारा है। ऊपर, आकाश में मँडरा रही थी जब सहसा, अर्द्धवृत्त-सा बनाती हुई तेज़ी से नीचे उतरी और एक ही झपट्टे में मांस के लोथड़े को पंजों में दबोचकर फिर से वैसा ही अर्द्धवृत्त बनाती हुई ऊपर चली गई। वह क़ब्रगाह के ऊँचे मुनारे पर जा बैठी है और अपनी पीली चोंच मांस के लोथड़े में बार-बार गाड़ने लगी है।

क़ब्रगाह के इर्द-गिर्द दूर तक फैले पार्क में हल्की-हल्की धुन्ध फैली है। वायुमंडल में अनिश्चय-सा डोल रहा है। पुरानी क़ब्रगाह के खँडहर जगह-जगह बिखरे पड़े हैं। इस धुँधलके में उसका गोल गुम्बद और भी ज़्यादा वृहदाकार नज़र आता है। यह मक़बरा किसका है, मैं जानते हुए भी बार-बार भूल जाता हूँ। वातावरण में फैली धुन्ध के बावजूद, इस गुम्बद का साया घास के पूरे मैदान को ढके हुए है जहाँ मैं बैठा हूँ, जिससे वायुमंडल में सूनापन और भी ज़्यादा बढ़ गया है, और मैं और भी ज़्यादा अकेला महसूस करने लगा हूँ।

चील मुनारे पर से उड़कर फिर से आकाश में मँडराने लगी है। फिर से न जाने किस शिकार पर निकली है! अपनी चोंच नीची किए, अपनी पैनी आँखें धरती पर लगाए, फिर से चक्कर काटने लगी है। मुझे लगने लगा है, जैसे उसके डैने लम्बे होते जा रहे हैं और उसका आकार किसी भयावह जन्तु के आकार की भाँति फूलता जा रहा है। न जाने वह अपना निशाना बाँधती हुई कब उतरे, कहाँ उतरे! उसे देखते हुए मैं त्रस्त-सा महसूस करने लगा हूँ।

किसी जानकार ने एक बार मुझसे कहा था कि हम आकाश में मँडराती चीलों को तो देख सकते हैं पर इन्हीं की भाँति वायुमंडल में मँडराती उन अदृश्य 'चीलों' को नहीं देख सकते जो वैसे ही नीचे उतरकर झपट्टा मारती हैं और एक ही झपट्टे में इनसान को लहूलुहान करके या तो वहीं फेंक जाती हैं, या उसके जीवन की दिशा मोड़ देती हैं। उसने यह भी कहा था कि जहाँ चील की आँखें अपने लक्ष्य को देखकर वार करती हैं, वहाँ वे अदृश्य चीलें अन्धी होती हैं, और अन्धाधुन्ध हमला करती हैं। उन्हें झपट्टा मारते हम देख नहीं पाते, और हमें लगने लगता है कि जो कुछ भी हुआ है, उसमें हम स्वयं कहीं दोषी रहे होंगे। हम जो हर घटना को कारण-कार्य की कसौटी पर परखते रहते हैं, हम समझने लगते हैं कि अपने सर्वनाश में हम स्वयं कहीं ज़िम्मेदार रहे होंगे।

उसकी बातें सुनते हुए मैं और भी ज़्यादा विचलित महसूस करने लगा था।

उसने कहा था, 'जिस दिन मेरी पत्नी का देहान्त हुआ, मैं अपने मित्रों के साथ, बग़लवाले कमरे में बैठा बतिया रहा था। मैं समझे बैठा था कि वह अन्दर सो रही है। मैं एक बार उसे बुलाने भी गया था कि आओ, बाहर आकर हमारे पास बैठो। मुझे क्या मालूम था कि मुझसे पहले ही कोई अदृश्य जन्तु अन्दर घुस आया है और उसने मेरी पत्नी को अपनी जकड़ में ले रखा है। हम सारा वक़्त इन अदृश्य जन्तुओं से घिरे रहते हैं...'

अरे, यह क्या! शोभा? शोभा पार्क में आई है! हाँ-हाँ, शोभा ही तो है! झाड़ियों के बीचोबीच वह धीरे-धीरे एक ओर बढ़ती आ रही है। वह कब यहाँ आई है और किस ओर से, इसका मुझे पता ही नहीं चला।

मेरे अन्दर ज्वार-सा उठा। मैं पुलक-पुलक गया। मैं बहुत दिनों बाद उसे देख रहा था।

शोभा दुबली हो गई है, तनिक झुककर चलने लगी है, पर उसकी चाल में अभी भी पहले-सी कमनीयता है—वही धीमी चाल, वही बाँकापन, जिसमें उसके समूचे व्यक्तित्व की छवि झलकती है। धीरे-धीरे चलती हुई वह घास का मैदान लाँघ रही है। आज भी बालों में लाल रंग का फूल टाँके हुए है।

शोभा, अब भी तुम्हारे होंठों पर वही स्निग्ध-सी मुस्कान खेल रही होगी, जिसे देखते मैं थकता नहीं था—होंठों के कोनों में दबी-सिमटी मुस्कान!

ऐसी मुस्कान तो तभी होंठों पर खेल सकती है जब तुम्हारे मन में किन्हीं अलौकिक भावनाओं के फूल खिल रहे हों।

मन चाहा, भागकर तुम्हारे पास पहुँच जाऊँ और पूछूँ—शोभा, अब तुम कैसी हो?

बीते दिन क्यों कभी लौटकर नहीं आते? पूरा कालखंड न भी आए, एक दिन ही आ जाए, एक घड़ी ही, जब मैं तुम्हें अपने निकट पा सकूँ, तुम्हारे समूचे व्यक्तित्व की महक से सराबोर हो सकूँ।

मैं उठ खड़ा हुआ और उसकी ओर जाने लगा। मैं झाड़ियों, पेड़ों के बीच छिपकर आगे बढ़ूँगा ताकि उसकी नज़र मुझ पर न पड़े। मुझे डर था कि यदि उसने मुझे देख लिया तो वह जैसे-तैसे क़दम बढ़ाती, लम्बे-लम्बे डग भरती पार्क में से बाहर निकल जाएगी।

जीवन की यह विडम्बना ही है कि जहाँ स्त्री से बढ़कर कोई जीव कोमल नहीं होता, वहाँ स्त्री से बढ़कर कोई जीव निष्ठुर भी नहीं होता। मैं कभी-कभी हमारे सम्बन्धों को लेकर क्षुब्ध भी हो उठता हूँ। कई बार तुम्हारी ओर से मेरे आत्म-सम्मान को धक्का लग चुका है।

हमारे विवाह के कुछ ही समय बाद तुम मुझे इस बात का अहसास कराने लगी थीं कि यह विवाह तुम्हारी अपेक्षाओं के अनुरूप नहीं हुआ है और तुम्हारी ओर से हमारे आपसी सम्बन्धों में एक प्रकार का ठंडापन आने लगा था। पर मैं उन दिनों तुम पर निछावर था, मतवाला बना घूमता था। हमारे बीच किसी बात को लेकर मनमुटाव हो जाता, और तुम रूठ जातीं, तो मैं तुम्हें मनाने की भरसक चेष्टा किया करता—तुम्हें हँसाने की। अपने दोनों कान पकड़ लेता, 'कहो तो दंडवत् लेटकर ज़मीन पर नाक से लकीरें भी खींच दूँ? जीभ निकालकर बार-बार सिर हिलाऊँ?' और तुम, पहले तो मुँह फुलाए मेरी ओर देखती रहतीं, फिर सहसा खिलखिलाकर हँसने लगतीं, बिल्कुल बच्चों की तरह जैसे तुम हँसा करती थीं और कहतीं, 'चलो, माफ़ कर दिया।'

और मैं तुम्हें बाँहों में भर लेता था। मैं तुम्हारी टुनटुनाती आवाज़ सुनते नहीं थकता था। मेरी आँखें तुम्हारे चेहरे पर, तुम्हारी खिली पेशानी पर लगी रहतीं और मैं तुम्हारे मन के भाव पढ़ता रहता।

स्त्री-पुरुष सम्बन्धों में कुछ भी तो स्पष्ट नहीं होता, कुछ भी तो तर्कसंगत नहीं होता। भावनाओं के संसार के अपने नियम हैं, या शायद कोई भी नियम नहीं।

हमारे बीच सम्बन्धों की खाई चौड़ी होती गई, फैलती गई। तुम अक्सर कहने लगी थीं, 'मुझे इस शादी में क्या मिला?'

और मैं जवाब में तुनककर कहता, 'मैंने कौन-से ऐसे अपराध किए हैं कि तुम सारा वक़्त मुँह फुलाए रहो और मैं सारा वक़्त तुम्हारी दिलजोई करता रहूँ? अगर एक साथ रहना तुम्हें फल नहीं रहा था तो पहले ही मुझे छोड़ जातीं। तुम मुझे क्यों नहीं छोड़कर चली गईं? तब न तो हर आए-दिन तुम्हें उलाहने देने पड़ते और न ही मुझे सुनने पड़ते। अगर गृहस्थी में तुम मेरे साथ घिसटती रही हो, तो इसका दोषी मैं नहीं हूँ, स्वयं तुम हो। तुम्हारी बेरुख़ी मुझे सालती रहती है, फिर भी अपनी जगह अपने को दुखियारी, पीड़ित समझती रहती हो।'

मन हुआ, मैं उसके पीछे न जाऊँ। लौट आऊँ, और बेंच पर बैठकर अपने मन को शान्त करूँ। कैसी मेरी मनःस्थिति बन गई है! अपने को कोसता हूँ तो भी व्याकुल, और जो तुम्हें कोसता हूँ तो भी व्याकुल। मेरी साँस फूल रही थी, फिर भी मैं तुम्हारी ओर देखता खड़ा रहा।

सारा वक़्त तुम्हारा मुँह ताकते रहना, सारा वक़्त लीपा-पोती करते रहना, अपने को हर बात के लिए दोषी ठहराते रहना मेरी बहुत बड़ी भूल थी।

पटरी पर से उतर जाने के बाद हमारा गृहस्थ-जीवन घिसटने लगा था। पर जहाँ शिकवे-शिकायत, खीज, खिंचाव, असहिष्णुता नुकीले कंकड़-पत्थरों की तरह हमारी भावनाओं को छीलने-काटने लगे थे, वहीं कभी-कभी विवाहित जीवन के आरम्भिक दिनों जैसी सहज सद्भावना भी हरहराते सागर के बीच किसी झिलमिलाते द्वीप की भाँति हमारे जीवन में सुख के कुछ क्षण भी भर देती।

पर कुल मिलाकर हमारे आपसी सम्बन्धों में ठंडापन आ गया था। तुम्हारी मुस्कान अपना जादू खो बैठी थी। तुम्हारी खुली पेशानी कभी-कभी सँकरी लगने लगी थी, और जिस तरह बात सुनते हुए तुम सामने की ओर देखती रहतीं, लगता, तुम्हारे पल्ले कुछ भी नहीं पड़ रहा है। नाक-नक्श वही थे, अदाएँ भी वही थीं, पर उनका जादू ग़ायब हो गया था। जब शोभा आँखें मिचमिचाती है—मैं मन-ही-मन कहता—तो बड़ी मूर्ख लगती है।

मैंने फिर से नज़र उठाकर देखा। शोभा नज़र नहीं आई। क्या वह फिर से पेड़ों-झाड़ियों के बीच आँखों से ओझल हो गई है? देर तक उस ओर

देखते रहने पर भी जब वह नज़र नहीं आई, तो मैं उठ खड़ा हुआ। मुझे लगा, जैसे वह वहाँ पर नहीं है। मुझे झटका-सा लगा। क्या मैं सपना तो नहीं देख रहा था? क्या शोभा वहाँ पर थी भी या मुझे धोखा हुआ है? मैं देर तक आँखें गाड़े उस ओर देखता रहा जिस ओर वह मुझे नज़र आई थी।

सहसा मुझे फिर से उसकी झलक मिली। ऐसा पहली बार नहीं हो रहा था। पहले भी वह आँखों से ओझल होती रही थी। मुझे फिर से रोमांच-सा हो आया। हर बार जब वह आँखों से ओझल हो जाती, तो मेरे अन्दर उठनेवाली तरह-तरह की भावनाओं के बावजूद, पार्क पर सूनापन-सा उतर आता। पर अबकी बार उस पर नज़र पड़ते ही मन विचलित-सा हो उठा। शोभा पार्क में से निकल जाती तो?

एक उद्दाम-सा आवेग मेरे अन्दर फिर से उठा। उससे मिल पाने के लिए दिल में ऐसी छटपटाहट-सी उठी कि सभी शिकवे-शिकायत कचरे की भाँति उस आवेग में बह-से गए। सभी मन-मुटाव भूल गए। यह कैसे हुआ कि शोभा फिर से मुझे विवाहित जीवन के पहले दिनोंवाली शोभा नज़र आने लगी थी? उसके व्यक्तित्व का सारा आकर्षण फिर से लौट आया था। और मेरा दिल फिर से भर-भर आया। मन में बार-बार यही आवाज़ उठती—मैं तुम्हें खो नहीं सकता। मैं तुम्हें कभी भी खो नहीं सकता।

यह कैसे हुआ कि पहलेवाली भावनाएँ मेरे अन्दर पूरे वेग से फिर से उठने लगी थीं?

मैंने फिर से शोभा की ओर क़दम बढ़ा दिये।

हाँ, एक बार मेरे मन में सवाल ज़रूर उठा—कहीं मैं फिर से अपने को धोखा तो नहीं दे रहा हूँ? मैं फिर से आत्म-प्रवंचना का शिकार तो नहीं बन रहा हूँ? क्या मालूम, वह फिर से मुझे ठुकरा दे?

पर नहीं, मुझे लग रहा था, मानो विवाहोपरान्त क्लेश और कलह का सारा कालखंड झूठा था, मानो वह कभी था ही नहीं। मैं वर्षों बाद तुम्हें उन्हीं आँखों से देख रहा था जिन आँखों से तुम्हें पहली बार देखा था। मैं फिर से तुम्हें बाँहों में भर पाने के लिए आतुर और अधीर हो उठा था।

तुम धीरे-धीरे झाड़ियों के बीच आगे बढ़ती जा रही थीं। तुम पहले की तुलना गें दुबला गई थीं और मुझे बड़ी निरीह और अकेली-सी लग रही थीं। अबकी बार तुम पर नज़र पड़ते ही मेरे मन का सारा क्षोभ बालू की भीत की

भाँति भरभराकर गिर गया था। तुम इतनी दुबली-पतली, इतनी नि:सहाय-सी लग रही थीं कि मैं बेचैन हो उठा और अपने को धिक्कारने लगा। तुम्हारी सुनक-सी काया कभी एक झाड़ी के पीछे तो कभी दूसरी झाड़ी के पीछे छिप जाती। आज भी तुम बालों में लाल रंग का फूल टाँकना नहीं भूली थीं।

स्त्रियाँ मन से क्षुब्ध और बेचैन रहते हुए भी बन-सँवरकर रहना नहीं भूलतीं। स्त्री मन से व्याकुल भी होगी तो भी साफ़-सुथरे कपड़े पहने, सँवरे-सँभले बाल, नख-शिख से दुरुस्त होकर बाहर निकलेगी, जबकि पुरुष भाग्य का एक ही थपेड़ा खाने पर फूहड़ हो जाता है। बाल उलझे हुए, मुँह पर बढ़ती दाढ़ी, कपड़े मुचड़े हुए और आँखों में वीरानी लिये, भिखमंगों की तरह घर से बाहर निकलेगा। जिन दिनों हमारे बीच मन-मुटाव होता और तुम अपने भाग्य को कोसती हुई घर से बाहर निकल जाती थीं, तब भी ढंग के कपड़े पहनना और चुस्त-दुरुस्त बनकर जाना नहीं भूलती थीं। ऐसे दिनों में भी तुम बाहर आँगन में लगे गुलाब के पौधे में से छोटा-सा लाल फूल बालों में टाँकना नहीं भूलती थीं, जबकि मैं दिन-भर हाँफता, किसी जानवर की तरह एक कमरे से दूसरे कमरे में चक्कर काटता रहता था।

तुम्हारी शॉल, तुम्हारे दाएँ कन्धे पर से खिसक गई थी और उसका सिरा ज़मीन पर तुम्हारे पीछे-पीछे घिसटने लगा था, पर तुम्हें इसका भास नहीं हुआ क्योंकि तुम पहले की ही भाँति धीरे-धीरे चलती जा रही थीं—कन्धे तनिक आगे को झुके हुए। कन्धे पर से शॉल खिसक जाने से तुम्हारी सुडौल गर्दन और अधिक स्पष्ट नज़र आने लगी थी। क्या मालूम, तुम किन विचारों में खोई चली जा रही हो! क्या मालूम, तुम भी हमारे बारे में, हमारे सम्बन्ध-विच्छेद के बारे में ही सोच रही हो! कौन जाने, किसी अन्त:प्रेरणावश, मुझे ही पार्क में मिल जाने की आशा लेकर तुम यहाँ चली आई हो! कौन जाने, तुम्हारे दिल में भी ऐसी ही कसक, ऐसी ही छटपटाहट उठी हो, जैसी मेरे दिल में! क्या मालूम, भाग्य हम दोनों पर मेहरबान हो गया हो...और नहीं तो मैं तुम्हारी आवाज़ तो सुन पाऊँगा, तुम्हें आँख-भर देख तो पाऊँगा। अगर मैं इतना बेचैन हूँ तो तुम भी तो निपट अकेली हो और न जाने कहाँ भटक रही हो! आख़िरी बार, सम्बन्ध-विच्छेद से पहले, तुम एकटक मेरी ओर देखती रही थीं। तब तुम्हारी आँखें मुझे बड़ी-बड़ी-सी लगी थीं, पर मैं उनका भाव नहीं समझ पाया था। तुम क्यों मेरी ओर देख रही थीं और क्या सोच रही थीं,

क्यों नहीं तुमने मुँह से कुछ भी कहा? मुझे लगा था, तुम्हारी सभी शिकायतें सिमटकर तुम्हारी आँखों के भाव में आ गई थीं। तुम मुझे निस्पन्द मूर्ति जैसी लगी थीं, और उस शाम मानो तुमने मुझे छोड़ जाने का फ़ैसला कर लिया था।

मैं नियमानुसार शाम को घूमने चला गया था। दिल और दिमाग़ पर भले ही कितना ही बोझ हो, मैं अपना नियम नहीं तोड़ता। लगभग डेढ़ घंटे के बाद जब मैं घर वापस लौटा तो ड्योढ़ी में क़दम रखते ही मुझे अपना घर सूना-सूना लगा था। और अन्दर जाने पर पता चला कि तुम जा चुकी हो। तभी मुझे तुम्हारी वह एकटक नज़र याद आई थी—मेरी ओर देखती हुई।

तुम्हें घर में न पाकर पहले तो मेरे आत्म-सम्मान को धक्का-सा लगा था कि तुम जाने से पहले न जाने क्या सोचती रही हो, अपने मन की बात मुँह तक नहीं लाईं! पर शीघ्र ही उस वीराने घर में बैठा मैं मानो अपना सिर धुनने लगा था। घर भाँय-भाँय करने लगा था।

अब तुम धीरे-धीरे घास के मैदान को छोड़कर चौड़ी पगडंडी पर आ गई थीं, जो मकबरे की प्रदक्षिणा करती हुई-सी पार्क के प्रवेश-द्वार की ओर जानेवाले रास्ते से जा मिलती है। शीघ्र ही तुम चलती हुई पार्क के फाटक तक जा पहुँचोगी और आँखों से ओझल हो जाओगी।

तुम मकबरे का कोना काटकर उस चौकोर मैदान की ओर जाने लगी हो जहाँ बहुत-सी बेंच रखी रहती हैं और बड़ी उम्र के थके-हारे लोग सुस्ताने के लिए बैठ जाते हैं।

कुछ दूर जाने के बाद तुम फिर से ठिठकी थीं। मोड़ आ गया था और मोड़ काटने से पहले तुमने मुड़कर देखा था। क्या तुम मेरी ओर देख रही हो? क्या तुम्हें इस बात की आहट मिल गई है कि मैं पार्क में पहुँचा हुआ हूँ और धीरे-धीरे तुम्हारे पीछे चला आ रहा हूँ?

क्या सचमुच इसी कारण ठिठककर खड़ी हो गई हो, इस अपेक्षा से कि मैं भागकर तुमसे जा मिलूँगा? क्या यह मेरा भ्रम ही है या तुम्हारा स्त्री-सुलभ संकोच कि तुम चाहते हुए भी मेरी ओर क़दम नहीं बढ़ाओगी?

पर कुछ क्षण तक ठिठके रहने के बाद तुम फिर से पार्क के फाटक की ओर बढ़ने लगी थीं।

मैंने तुम्हारी ओर क़दम बढ़ा दिये। मुझे लगा, जैसे मेरे पास गिने-चुने कुछ क्षण ही रह गए हैं जब मैं तुमसे मिल सकता हूँ। अब नहीं मिल पाया तो

कभी नहीं मिल पाऊँगा। और न जाने क्यों, यह सोचकर मेरा गला रुँधने लगा था।

पर मैं अभी भी कुछ ही क़दम आगे की ओर बढ़ पाया था कि ज़मीन पर किसी भागते साये ने मेरा रास्ता काट दिया। लम्बा-चौड़ा साया, तैरता हुआ-सा, मेरे रास्ते को काटकर निकल गया था। मैंने नज़र ऊपर उठाई और मेरा दिल बैठ गया। चील हमारे सिर के ऊपर मँडराए जा रही थी। क्या यह चील ही है? पर उसके डैने कितने बड़े हैं और पीली चोंच लम्बी, आगे को मुड़ी हुई! और उसकी छोटी-छोटी पैनी आँखों में भयावह-सी चमक है।

चील आकाश में हमारे ऊपर चक्कर काटने लगी थी और उसका साया बार-बार मेरा रास्ता काट रहा था।

हाय, यह कहीं तुम पर न झपट पड़े! मैं बदहवास-सा तुम्हारी ओर दौड़ने लगा। मन चाहा, चिल्लाकर तुम्हें सावधान कर दूँ, पर डैने फैलाए चील को मँडराता देखकर मैं इतना त्रस्त हो उठा था कि मुँह में से शब्द निकल ही नहीं पा रहे थे। मेरा गला सूख रहा था और पाँव बोझिल हो रहे थे। मैं जल्दी से जल्दी तुम तक पहुँचना चाहता था पर मुझे लगा, जैसे मैं उस साये को लाँघ ही नहीं पा रहा हूँ। चील ज़रूर नीचे आने लगी होगी जो उसका साया इतना फैलता जा रहा है कि मैं उसे लाँघ ही नहीं सकता।

मेरे मस्तिष्क में एक ही वाक्य बार-बार घूम रहा था कि तुम्हें उस मँडराती चील के बारे में सावधान कर दूँ और तुमसे कहूँ कि जितनी जल्दी पार्क में से निकल सकती हो, निकल जाओ।

मेरी साँस धौंकनी की तरह चलने लगी थी और मुँह से एक शब्द भी नहीं फूट पा रहा था।

बाहर जानेवाले फाटक से थोड़ा हटकर, दाएँ हाथ एक ऊँचा-सा मुनारा है जिस पर कभी मकबरे की रखवाली करनेवाला पहरेदार खड़ा रहता होगा। अब वह मुनार भी टूटी-फूटी हालत में है।

जिस समय मैं साये को लाँघ पाने की भरसक चेष्टा कर रहा था, उस समय मुझे लगा था, जैसे तुम चलती हुई उस मुनारे के पीछे जा पहुँची हो। क्षण-भर के लिए मैं आश्वस्त-सा हो गया। तुम्हें अपने सिर के ऊपर मँडराते ख़तरे का भास हो गया होगा। न भी हुआ हो तो भी तुमने बाहर निकलने का जो रास्ता अपनाया था, वह अधिक सुरक्षित था।

मैं थक गया था। मेरी साँस बुरी तरह से फूली हुई थी। लाचार मैं उसी मुनारे के निकट एक पत्थर पर हाँफता हुआ बैठ गया। कुछ भी मेरे बस का नहीं रह गया था। पर मैं सोच रहा था कि ज्योंही तुम मुनारे के पीछे से निकलकर सामने आओगी, मैं चिल्लाकर तुमसे पार्क में से निकल भागने का आग्रह करूँगा। चील अब भी सिर पर मँडराए जा रही थी।

तभी मुझे लगा, तुम मुनारे के पीछे से बाहर आई हो। हवा के झोंके से तुम्हारी साड़ी का पल्लू फरफराया है, तुम्हारे पाँव ज़मीन पर से उठे हैं और हवा में अठखेली-सी करती हुई तुम सीधा फाटक की ओर बढ़ने लगी हो।

'शोभा!' मैं चिल्लाया।

पर तुम बहुत आगे बढ़ चुकी थीं, लगभग फाटक के पास पहुँच चुकी थीं। तुम्हारी साड़ी का पल्लू अभी भी हवा में फरफरा रहा था। बालों में लाल फूल बड़ा खिला-खिला लग रहा था।

मैं उठ खड़ा हुआ और जैसे-तैसे क़दम बढ़ाता हुआ तुम्हारी ओर जाने लगा। मैं तुमसे कहना चाहता था, 'अच्छा हुआ जो तुम चील के पंजों से बचकर निकल गई हो, शोभा।'

फाटक के पास तुम रुकी थीं, और मुझे लगा था, जैसे मेरी ओर देखकर मुस्कुराई हो और फिर पीठ मोड़ ली थी और आँखों से ओझल हो गई थीं।

मैं भागता हुआ फाटक के पास पहुँचा था। फाटक के पार मैदान में हल्की-हल्की धूल उड़ रही थी और पार्क में आनेवाले लोगों के लिए चौड़ा, खुला रास्ता भाँय-भाँय कर रहा था।

तुम पार्क में से सही-सलामत निकल गई हो, यह सोचकर मैं आश्वस्त-सा महसूस करने लगा था। मैंने नज़र उठाकर ऊपर की ओर देखा। चील वहाँ पर नहीं थी। चील जा चुकी थी। आसमान साफ़ था और हल्की-हल्की धुन्ध के बावजूद उसकी नीलिमा जैसे लौट आई थी।

[*वागर्थ*, फ़रवरी, 2001]

हाय, जी...

उन दिनों शाम को घर लौटने में अक्सर देर हो जाया करती थी। कभी बस मिलती, कभी स्टेशन से घर तक पैदल ही चलना पड़ता। रोज़ का यही आलम था। सड़कों पर भीड़-ही-भीड़ बनी रहती। लोकल गाड़ी में से उतरो तो स्टेशन पर मुसाफ़िरों की भीड़। दफ़्तरों के बाबू क्या और पंजाब में से आए शरणार्थी क्या, और मिल-मज़दूर क्या! स्टेशन में से निकलने पर बहुत-से लोग छँट जाते, अपने-अपने रास्ते हो लेते, अँधेरे में खो जाते, पर बस-स्टॉप पर पहुँचो तो लम्बी लाइन। तीन-तीन बसें निकल जातीं तब कहीं बारी आती। हिचकोले खाती बस जब बस्ती के बाहर खड़ी होती तो उसमें से भी मुसाफ़िरों का रेला उतरता।

मैं और मेरी पत्नी बस्ती के फाटक की ओर मुड़े ही थे जब शीला बोली, "देखो तो जी, यह कौन हमारे पीछे-पीछे चला आ रहा है?"

मैंने मुड़कर देखा। और तो कोई नहीं था, केवल कुछ दूरी पर पाँच-छह साल का एक छोटा-सा लड़का सड़क के बीचोबीच चला आ रहा था।

"कोई नहीं, एक छोटा-सा लड़का है।"

अँधेरा गहराने पर बड़े शहर में जब भीड़ छँट जाए तो जानी-पहचानी सड़क भी अनजानी लगने लगती है। जहाँ कुछ ही देर पहले चहल-पहल रही हो, वहाँ सूनापन-सा उतर आता है। जगह-जगह अँधेरे के पुंज गहराने लगते हैं। उन दिनों अपने पीछे हलका-सा खटका होने पर ही क़दम अपने-आप तेज़ होने लगते थे और मन में संशय-सा उठता था।

पत्नी ने मुड़कर देखा तो ठिठककर खड़ी हो गई।

"इसे निकल जाने दो जी।"

हम रुक गए। लड़का बहुत छोटा-सा था। कन्धे पर से एक बोझिल-सा थैला लटकाए चला आ रहा था।

लड़का नज़दीक आया तो हमने ध्यान से देखा। जाना-पहचाना बालक नहीं था। उस इलाक़े का भी नहीं जान पड़ता था। अँधेरे में वह लड़का भी हमारे पास आकर रुक गया।

"क्या है, बेटा? कहाँ जा रहे हो?" शीला ने धीमी आवाज़ में पूछा।

लड़का कुछ नहीं बोला।

"कहाँ रहते हो? तुम्हें कहाँ जाना है?"

लड़का फिर भी चुप। न हूँ, न हाँ। केवल एक उँगली मुँह में दबाए शीला की ओर देखे जा रहा था।

कुछ देर तक तो हम किंकर्तव्यविमूढ़-से वहीं खड़े रहे। उससे कुछ भी पूछो तो वह जवाब नहीं देता था। 'कहाँ रहते हो? नाम क्या है? अभी कहाँ जा रहे थे?' जवाब नदारद। केवल उसकी आँखें कभी शीला के चेहरे पर तो कभी मेरे चेहरे पर लग जातीं। शाम के झुटपुटे में उसकी आँखें वैसे ही चमक रही थीं, जैसे गहरे कुएँ में पानी झलकता है।

जब उसकी ओर से कोई जवाब नहीं मिला तो मैंने शीला से कहा कि इसे अपने रास्ते जाने दो। यह बता नहीं रहा है। इसे मालूम होगा कि इसे कहाँ जाना है।

शीला सहसा ही उस अकेले बालक की ओर दयालु हो उठी थी और उसकी मदद करना चाहती थी, पर उसकी ओर से कोई उत्तर न पाकर हमने उसे वहीं छोड़ दिया और अपने घर की ओर चल पड़े।

"यह तो हो नहीं सकता कि लड़का गूँगा हो।"

"और इतना अनजान भी नहीं जान पड़ता।" मैंने जोड़ा।

पर जब हम लोग अपनी बस्ती का मोड़ काटने लगे तो अनायास ही मैंने मुड़कर देखा। लड़का अँधेरे में वहीं डोल रहा था।

"रास्ता भटक गया है।" मैंने कहा। और फिर हम दोनों ही बच्चे की ओर लौट पड़े।

वह हमें फटी-फटी आँखों से देखता रहा। पत्नी ने उसका हाथ पकड़ा और धीरे-धीरे उसे चलाती हुई आगे बढ़ने लगी।

"तू कुछ बोलता ही नहीं, हम क्या करें?"

लड़के ने अपना हाथ छुड़ाने की कोशिश की, पर जब पत्नी ने हाथ नहीं छोड़ा तो केवल उसकी ओर देखता रह गया।

शीला ने उसका हाथ पकड़ा नहीं कि मैं समझ गया—अब शीला इसे घर ले जाएगी। पहले जितनी शंकित थी, अब उतनी ही ज़्यादा दयालु होने लगी थी। शीला का स्वभाव ही ऐसा था। एक बार उसका दिल पिघलने लगे तो थमने का नाम ही नहीं लेता था। न जान, न पहचान, न जाने कौन आवारा लड़का है, या सचमुच भटका हुआ है—ऐसे लड़के तो कई बार पॉकेटमार भी निकल आते हैं।

"कल तेरा अता-पता लगाएँगे। चल, चल हमारे साथ।"

लड़का फिर भी नहीं बोला, न ही उसने हाथ छुड़ाने की कोशिश की।

हम उसे घर ले आए। हमने उसके सामने खाना रखा तो वह बैठा देखता रहा।

"मैं तेरे मुँह में लुकमे तोड़-तोड़कर तो नहीं डालूँगी। ले, खा ले चुपचाप।" पत्नी ने कहा।

लड़का गुमसुम बैठा रहा।

"नहीं खाता तो बैठा रह।" और शीला उसके पास से हट गई।

पर जब हम खा-पी चुके तो शीला एक गिलास में थोड़ा-सा गरम दूध डालकर ले आई। लड़का पहले तो शीला के चेहरे की ओर देखता रहा, फिर गिलास को मुँह से लगाकर पी गया।

शीला ने सीढ़ियों के पास ही एक कथरी-सी बिछा दी और उसे उस पर बैठा दिया। उसके कन्धे से लटकता थैला उतारकर उसके पास ही ज़मीन पर रख दिया और उसके सिर पर हाथ फेरती हुई बोली, "अब सो जा, कल तेरा अता-पता लगाएँगे।"

पहले तो लड़का कुछ देर तक कथरी पर बैठा रहा, फिर लेट गया और लेटते ही गहरी नींद सो गया।

बच्चा न बोले तो मन में खीज उठने लगती है। बच्चा गहरी नींद सो रहा हो तो उस पर दया आने लगती है। न जाने कौन है, कहाँ से आया है, क्यों सड़कों पर भटक रहा है? हम देर तक सोचते रहे कि हम इसे किस ठौर लगाएँ? कभी सोचते—पुलिस थाने में पहुँचा दें। कभी सोचते—किसी

अनाथालय में भरती करवा दें। कभी एक तो कभी दूसरा सुझाव। कभी सोचते—इसकी तसवीर उतरवाकर अख़बारों में दे दें।

सहसा पत्नी मेज़ पर से उठी और लड़के का थैला उठा लाई। इसमें क्या रखा है? ज़रूर इससे कुछ-न-कुछ संकेत मिल जाएगा।

"यह क्या?" पत्नी सहसा बोली और थैले में से एक-एक करके चीज़ें निकालने लगी।

सबसे बोझिल चीज़ निकली—कपड़ा इस्तरी करनेवाली इस्तरी। पीले रंग की, चमचमाती-सी इस्तरी। पत्नी की तो आँखें फैल गईं। उसने फिर से हाथ डाला तो अबकी बार एक लम्बी-सी टॉर्च निकाल लाई। वह बिलकुल नई तो नहीं थी, फिर भी अच्छी हालत में थी, रोशनी देती थी। इन दो चीज़ों के अतिरिक्त एक बच्चे का नीले रंग का जाँघिया था। और बस।

"लड़का तो चोर है।" छूटते ही शीला के मुँह से निकला, "हम किसे उठा लाए हैं!"

मैं भी आश्चर्यचकित रह गया था। यह नई इस्तरी इसके थैले में कैसे पहुँच गई? और यह टॉर्च? पाँच-छह साल के लड़के का इससे क्या काम? यह इन्हें उठाए कहाँ घूम रहा था?

शहर की सड़कों पर उन दिनों जहाँ शरणार्थी घूमते थे, वैसे ही अँधेरा पड़ने पर उचक्के भी घूमते थे। वे दिन ही ऐसे थे। सड़कें भरी रहतीं। बड़े शहर की सड़कों पर छोटे-छोटे लड़कों में जेबकतरे भी थे, सिगरेट-दारू का धन्धा करनेवाले भी और भिखमंगे भी।

"हमने पहले सड़क पर ही क्यों न इसका थैला देख लिया?" पत्नी बोली, "हम यों ही तरस खाकर इसे उठा लाए।"

"मैं तो कहने वाला था कि सोच-समझकर काम करो, पर तुम पर तो दया का भूत सवार हो जाता है।"

"इसे चलता करो जी!" वह बोली।

पर सोए बच्चे को कोई कैसे जगाए?

"अब तो इसे पड़ा रहने दो यहीं। कल सुबह-सवेरे ही इसे चलता कर देंगे।

मन में उठनेवाली सारी सहानुभूति जाती रही, बल्कि संशय में बदल गई।

"आवारा-सा लड़का है। आजकल किसी का विश्वास नहीं किया जा सकता!" मैंने कहा, "और हम इसे घर उठा लाए!"

''यह जो हमारे पीछे-पीछे चला आ रहा था, तो इसकी नज़र मेरे बैग पर रही होगी।'' शीला बोली, ''एक झटके से छीन लेते हैं जी!''

मन खिन्न हो उठा था। वह इस्तरी इस छोटे-से बालक के थैले में कैसे पहुँच गई? कहाँ से आ गई वह इस्तरी? जो लड़का इतना चुप्पू और ढीला-ढाला लग रहा था, वही लड़का शीला का बैग छीनकर बिजली की गति से भाग खड़ा होता।

हम देर तक सोचते रहे, रहस्य की तह तक पहुँचने की चेष्टा करते रहे।

''पुलिस थाने में रिपोर्ट की तो पुलिसवाले तो इसकी चमड़ी उधेड़ देंगे।'' मैंने कहा।

पत्नी उसका थैला वहीं उसके पास रख आई।

''जहाँ से यह लड़का मिला था, इसे वहीं पर छोड़ देंगे। हम किसी बखेड़े में नहीं पड़ेंगे। अनाथालय का तुम कह रहे थे, यह सब ख़याल छोड़ दो। यह काम हमारे बस का नहीं है। अनाथालय वाले भी दस सवाल पूछेंगे कि कहाँ से मिला, कैसे मिला। हमारा लगता ही क्या है...''

देर तक धुकधुकी लगी रही।

''तुम कमरे का दरवाज़ा अन्दर से बन्द कर देते तो अच्छा था।''

''कर दिया है।''

और सोने से पहले मैं देर तक सोचता रहा कि जहाँ वह लड़का सोया है, उसके आसपास घर का कोई ऐसा सामान तो नहीं रखा, जिसे वह उठाकर रात के अँधेरे में ही चम्पत हो जाए?

सुबह मैं अभी सो ही रहा था कि पत्नी भागती हुई अन्दर आई।

''लड़का तो भाग गया है! वहाँ पर तो नहीं है!''

मेरा माथा ठनका। वह ज़रूर कोई-न-कोई चीज़ उठाकर निकल गया होगा। हमसे बहुत बड़ी भूल हुई जो उसे घर उठा लाए। मुझे पत्नी पर ग़ुस्सा आया।

''तुम हर किसी पर तरस खाने लगती हो। अब कौन जाने, क्या उठाकर ले गया है!''

पत्नी फिर से नज़रसानी करने गई, पर उन्हीं क़दमों लौट आई। उसने हाथ में लड़के का थैला उठा रखा था।

''थैला तो वहीं रखा था।'' वह थैले के अन्दर हाथ डालती हुई बोली, ''इस्तरी और टॉर्च भी थैले में मौजूद हैं।''

हमें अचम्भा तो हुआ, पर एक तरह से हमने राहत की साँस ली। चलो, लड़के से पिंड तो छूटा।

"लड़का डरकर भाग गया है कि कहीं उसका चोरी का सामान नहीं पकड़ा जाए।"

हम नहा-धोकर, नाश्ता करने के बाद, दिन-भर की दौड़-धूप के लिए तैयार होकर घर से बाहर निकले। अपने क्वार्टर को एक की जगह दो ताले लगाए।

बस्ती में से निकलकर हम बस-स्टैंड की ओर जा ही रहे थे कि पत्नी झट से बोली, "अरे, लड़का तो वह बैठा है!"

वही था। सड़क के किनारे एक पत्थर की बुत्ती पर से टाँगें लटकाए बैठा था।

पत्नी लपककर उसकी ओर जाने लगी तो मैंने उसे रोक दिया।

"कहाँ जा रही हो?"

"उससे पूछूँ तो कि घर से क्यों भाग आया है, हमें बताकर क्यों नहीं आया। और अपना थैला क्यों छोड़ आया है।"

"तुम समझती हो, वह तुम्हें बता देगा? सारी शाम उसने एक बार भी मुँह नहीं खोला।"

पर फिर भी, हम दोनों वहीं पर रुके रहे। मन में यह जानने की उत्सुकता थी कि लड़का यहाँ क्यों आ बैठा है, यहाँ बैठा क्या कर रहा है।

"अगर उसके थैले में चोरी का माल था तो यह यहाँ क्यों आ बैठा है? दूर कहीं चला जाता!"

सड़क पर भीड़ बढ़ने लगी थी। वही भीड़ के रेले, वही रोज़ का दृश्य, शरणार्थियों के टोले, दफ़्तरों को जानेवाले बाबू, कामगार, स्कूलों-कॉलेजों के लड़के-लड़कियाँ।

लड़का वहीं चुपचाप बैठा था।

"कहीं यह पागल तो नहीं है जी?" पत्नी के मुँह से निकला।

हम बस्ती के बाहर एक ओर को खड़े, लड़के पर आँखें लगाए हुए थे कि देखें, क्या करता है!

कुछ ही देर बाद हमने देखा कि लड़का उछलकर पत्थर की बुत्ती पर से उतरा है और क़दम बढ़ाता सड़क पर एक महिला के पीछे-पीछे जाने लगा

है। कोई पंजाबिन महिला थी, शीला की ही भाँति सलवार-कमीज़ पहने, कन्धे पर काले रंग का बैग लटकाए, सड़क के बीचोबीच चली जा रही थी। और वह लड़का उस राह जाती औरत के पीछे-पीछे हो लिया था।

"यह उसका बैग खींचेगा, देख लेना।" मैंने कहा।

वह उस महिला के निकट पहुँचा ही होगा कि महिला को मानो उसकी आहट मिल गई और वह रुककर खड़ी हो गई। लड़का मूर्तिवत् खड़ा उसकी ओर देखे जा रहा था। लड़का चूक गया है, मैंने मन-ही-मन कहा। फिर महिला ने उससे कुछ पूछा; पर लड़के ने कोई उत्तर नहीं दिया। महिला ने उसके सिर पर हाथ फेरा और अपने रास्ते हो ली।

लड़का हमसे थोड़ी दूरी पर सड़क के बीचोबीच खड़ा था, फिर वह धीरे-धीरे आगे बढ़ने लगा। हम दोनों की आँखें उस पर लगी थीं।

सहसा मेरी पत्नी बोल उठी, "हाय जी, यह अपनी माँ को ढूँढ़ रहा है! मैं समझ गई, यह अपनी माँ को ढूँढ़ रहा है!"

"क्या कह रही हो? और वह थैला? वह इस्तरी और टॉर्च?"

"मैं क्या जानूँ, वे इसके थैले में कैसे आईं! पर लड़का अपनी माँ को ढूँढ़ रहा है।"

सड़क पर भीड़ बढ़ती जा रही थी। भीड़ के रेले फिर से सड़क पर आने लगे थे और लड़का शीघ्र ही इस भीड़ में खो गया था, हमारी आँखों से ओझल हो गया था।

[*साहित्य अमृत*, फ़रवरी, 2000]

सफ़ाई-अभियान

कार्यक्रम बन रहा था कि रविवार के दिन सुबह-सवेरे, उत्साही समाज-सेवियों की टोली, गीत गाती हुई सफ़ाई-अभियान पर निकलेगी। खानकाह के पीछे वाली बस्ती में वे लोग गलियाँ बुहारेंगे, नालियाँ साफ़ करेंगे और इस तरह जन-जागरण की मुहिम आरम्भ होगी। पर मामला उद्घाटन के सवाल पर आकर अटक गया।

श्रीमती गोयल का सुझाव था कि उद्घाटन के लिए लेफ़्टिनेंट गवर्नर को आमंत्रित किया जाए। श्रीमती गोयल बड़ी उत्साही महिला हैं, और बड़ी मुस्तैदी से दस काम निबटा लेती हैं। सफ़ाई-अभियान की सारी रूपरेखा उन्होंने ही तैयार की थी।

पर यह सुझाव गोस्वामी जी ने सुना तो उनके गले नहीं उतरा। गद्गद होनेवाले भावुक व्यक्ति थे, झट से बोले, "सफ़ाई-अभियान में लेफ़्टिनेंट गवर्नर का क्या काम? माफ़ कीजिए, मैं श्रीमती गोयल के सुझाव से सहमत नहीं हूँ। हम सफ़ाई-अभियान करेंगे, जन-जागरण के लिए, लोगों में समाज-सेवा का भाव जगाने के लिए, इसलिए नहीं कि अख़बारों में लेफ़्टिनेंट गवर्नर के साथ हमारी तस्वीर छपे, हमारा नाम छपे। यह तो इश्तहारबाज़ी हुई। हम वाहवाही लूटने के लिए यह अभियान नहीं कर रहे हैं। सफ़ाई-अभियान निःस्वार्थ सेवा का काम है।"

इस पर श्रीमती गोयल भड़ककर बोलीं, "अख़बार में ख़बर छपे तो यह इश्तहारबाज़ी कैसे हो गई? सफ़ाई तो आप एक बस्ती में करेंगे पर अख़बारों में उसकी ख़बर तो बीसियों बस्तियों वाले पढ़ेंगे। यह अपनी नुमाइश कैसे

हुई ? यह तो प्रचार हुआ। झाड़ू-टोकरी उठाए जो लोग हमारी तस्वीर देखेंगे, उससे उन्हें प्रेरणा नहीं मिलेगी क्या ?"

पर गोस्वामी सहमत नहीं हुए।

"आज़ादी से पहले तो कभी सफ़ाई-अभियान का उद्घाटन नहीं हुआ करता था। यह नई रीत आप चला रहे हैं। उद्घाटन का सवाल ही पैदा नहीं होता था। बस, झाड़ू-तसले उठाए और प्रभातफेरी में गीत गाते हुए चल दिये किसी बस्ती की ओर।"

श्रीमती गोयल कह रही थीं, "मैं तो सारा प्रबन्ध कर चुकी हूँ। रविवार, प्रात: आठ बजे, हम लोग डाकख़ाने के सामने इकट्ठा होंगे। कार्यालय का चपरासी झाड़ू, टोकरियाँ, तसले आदि सारा सामान लेकर शनिवार की रात को ही बस्ती में पहुँचा देगा। चौकीदार रामदास उस रात बस्ती में ही रहेगा। रोहित स्टूडियो का फ़ोटोग्राफ़र ठीक साढ़े आठ बजे बस्ती में मौजूद होगा। प्रेस वालों को चिट्ठियाँ जा चुकी हैं। मैंने तो लेफ़्टिनेंट गवर्नर के सेक्रेटरी से बात भी कर ली है, पर अब आप कहते हैं कि उद्घाटन के लिए उन्हें नहीं बुलाएँगे!"

गोस्वामी जी सुन रहे थे और उनके गाल उत्तरोत्तर फूलते और लाल होते जा रहे थे, जैसे रक्तचाप वाले मरीज़ के होने लगते हैं। यह सब इश्तहारबाज़ी नहीं तो क्या है ? जब उन्होंने बोलने के लिए मुँह खोला तो उनके होंठ काँप रहे थे।

"माफ़ कीजिए, मैं इस काम में आपके साथ शामिल नहीं हो पाऊँगा।"

मीटिंग में बैठे लोग सकते में आ गए। अगर वयोवृद्ध गोस्वामी किनारा कर गए तो सारे अभियान का रंग ही फीका पड़ जाएगा।

तभी सेठी उठ खड़ा हुआ। वह बीच की उम्र का एक प्रोफ़ेसर था। उसके दिल में भी यदा-कदा समाज-सेवा के बलबले उठते रहते थे।

"गोस्वामी जी ठीक कहते हैं। लेफ़्टिनेंट गवर्नर को बुलाने का कोई मतलब नहीं। हमें किसी की सरपरस्ती की कोई ज़रूरत नहीं। काम तो हम लोग करेंगे और पब्लिसिटी लेफ़्टिनेंट गवर्नर की होगी। हम वैसा ही करेंगे जैसा गोस्वामी जी कहते हैं।"

इस पर श्रीमती गोयल चिढ़कर बोलीं, "तो फिर प्रेस को भी न बुलाइए।"

"हाँ-हाँ, मत बुलाओ। प्रेस को बुलाओगे—तो जर्नलिस्टों को चाय पिलाओगे, पेस्ट्री खिलाओगे, शराब पिलाओगे, इतना कुछ करोगे, इसके बाद भी निश्चित नहीं कि वे कुछ लिखे-छापेंगे।"

तभी एक ओर से आवाज़ आई, ''लेफ़्टिनेंट गवर्नर को नहीं बुलाओ। वह आएगा तो लगेगा, सफ़ाई-अभियान सरकार करवा रही है। पर किसी जाने-माने नेता को ज़रूर बुलाओ।''

छूटते ही श्रीमती गोयल की बग़ल में बैठे बाबू गोविन्दराम ने कहा, ''आजकल कौन-सा नेता सुबह पाँच बजे तुम्हारी प्रभातफेरी पर आएगा और दो मील चलकर सफ़ाई-अभियान का उद्घाटन करेगा?''

बाबू गोविन्दराम के समर्थन में किसी ने जोड़ा, ''उसके लिए सिक्युरिटी रिस्क भी तो है। आजकल शहर के बाहर की बस्तियों में नेता लोग नहीं जाते।''

''बड़ा नेता न सही, किसी छोटे नेता को बुला लो।''

''अगर छोटा नेता आएगा तो प्रेस-फ़ोटोग्राफ़र नहीं आएगा।''

इस पर कुछ लोग हँस दिये।

सभा की गम्भीरता शिथिल पड़ने लगी थी। मीटिंग में कुछ युवा लोग मात्र तफ़रीह के लिए आ बैठे थे। उन्हीं में से किसी मनचले ने कहा, ''सुनो जी, किसी फ़िल्मी अभिनेत्री को बुलाओ। हमारा कार्यक्रम बड़ी धूमधाम से सम्पन्न होगा। दिल्ली में अक्सर फ़िल्मी अभिनेत्रियाँ आती रहती हैं।''

''फ़िल्मी अभिनेत्री क्यों इस कार्यक्रम में आएगी?''

''वह आएगी। अपनी पब्लिक इमेज़ बनाने के लिए आएगी। उसे कहोगे तो झाड़ू कन्धे पर रखकर और तसला सिर पर रखकर वह गली-गली तुम्हारे साथ चलेगी।''

इस सुझाव से एक युवा समाजसेवी के दिल में हिलोर-सी उठी।

''हम उसके हाथ में झाड़ू क्यों, हम उसके हाथ में झंडा देंगे। उसका झाड़ू-तसला मैं उठाऊँगा।''

इस पर फिर से कुछ लोग हँस दिये।

स्थिति को सँभालने की कोशिश करते हुए, धीर-गम्भीर प्रोफ़ेसर सेठी ने बड़े ठहराव से पूछा, ''आजकल कोई अभिनेत्री है दिल्ली में? दो दिन बाद ही तो हमारा कार्यक्रम होनेवाला है।''

''एक बड़ी उम्र की अभिनेत्री तो है पर वह अक्सर सास का रोल करती है, और दर्शक उसे बुरा-भला कहते हैं। अब आप विचार कर लीजिए कि उन्हें साथ ले जाना ठीक रहेगा?''

इस पर ज़ोर का ठहाका हुआ।

"यह नहीं चलेगा।" प्रोफ़ेसर सेठी बोले, "मैं नहीं समझता, हमें क्यों बाहर से किसी व्यक्ति को बुलाना चाहिए, जब गोस्वामी जी हमारे बीच मौजूद हैं? हमारे लिए इनसे बड़ा नेता कौन होगा?"

इस पर सहसा करतल ध्वनि हुई।

गोस्वामी जी, जो बुझा-बुझा महसूस करने लगे थे, सुनकर आश्वस्त हुए। चेहरे की तनी हुई मांसपेशियाँ ढीली पड़ने लगीं; बल्कि एक हल्की-सी उदात्त मुस्कान होंठों पर लौट आई। भावुक होकर बोले, "श्रीमती गोयल ने कहा कि सफ़ाई-अभियान के लिए झाड़ू-तसले आदि कार्यालय का चपरासी बस्ती में पहुँचा देगा। मैं समझता हूँ, यह हमें, समाज-सेवियों को, शोभा नहीं देता। झाड़ू-तसले, सफ़ाई का सारा सामान हम ख़ुद उठाकर ले जाएँगे।"

कुछ लोगों ने सहमति में सिर हिलाया।

"इसका अपना प्रभाव पड़ता है।" गोस्वामी जी प्रोत्साहित होकर कहने लगे, "हम प्रभात-बेला में देश-प्रेम के गीत गाते हुए गलियों के रास्ते बस्ती में जाएँगे। गीतों की मीठी-मीठी धुनें पौ फटने के पहले सोए हुए लोगों के कानों में पड़ेंगी, उनकी नींद में घुल-मिल जाएँगी तो वे उन्हें उम्र-भर नहीं भूलेंगे। तरुण बच्चे-बच्चियाँ तो संस्कार-रूप में देश-प्रेम की भावना ग्रहण करेंगे।"

गोस्वामी अपने सुझाव पर फिर से गद्गद होने लगे थे। प्रभातफेरी के बारे में सुना तो सबने था पर इसका अनुभव बहुत कम लोगों को था। कुछ लोग संशय में पड़ गए।

एक सज्जन उठ खड़े हुए, "माफ़ कीजिए, मैं सहमत नहीं हूँ। हम प्रचार पर निकले हैं तो मुँह-अँधेरे जाने का क्या तुक है? जंगल में मोर नाचा, किसने देखा?"

"वे हमें देखेंगे नहीं, पर हमारे गीतों की आवाज़ तो उनके कानों में पड़ेगी। भावसिक्त देशभक्ति के गीतों की धुनें, वे लोग आपको आशीष देंगे।"

"आशीष नहीं, गाली देंगे, उनकी नींद में ख़लल डाला।"

इस पर फिर कुछ लोग हँस दिये।

कमरे में से ही एक ओर से आवाज़ आई, "मैं तो कहूँगा, दिन के उजाले में चलो और बैंड बाजा लेकर चलो। लोगों को पता तो चले कि क्या होने

जा रहा है। अँधेरे में जाना तो सोए हुए बच्चे का मुँह चूमने के बराबर है। कोई देखे तो! कोई जाने तो!"

"सुबह-सुबह बैंड बाजा लेकर चलोगे तो लोग समझेंगे, किसी बूढ़े की अरथी जा रही है।"

इस पर फिर से ठहाका हुआ।

मीटिंग की गम्भीरता फिर से शिथिल पड़ने लगी थी। प्रोफ़ेसर सेठी फिर से उठ खड़े हुए, "बैंड बाजा बजेगा तो तुम्हारे देशभक्ति के गीत कौन सुनेगा? फ़िज़ूल की बात। बैंड बाजे का यहाँ क्या मतलब है?"

प्रोफ़ेसर साहब के तर्क में सार था। मक़सद तो देशभक्ति के गीत गाना था।

प्रोफ़ेसर सेठी कह रहे थे, "गोस्वामी जी ने सही कहा है। मुझे भी प्रभातफेरी का थोड़ा अनुभव है। प्रभातफेरी का बड़ा असर होता है। प्रचार का वह सबसे ज़्यादा असरदार माध्यम है।"

प्रभातफेरी वाला सुझाव भी मान लिया गया। हालाँकि श्रीमती गोयल पूर्णतया सन्तुष्ट नहीं थीं।

"कौन-से गीत गाओगे? और कौन गाएगा?" वह तनिक खीजकर बोलीं।

"कौन-से गीत? देशभक्ति के गीत, और कौन-से?"

और गोस्वामी जी ने छूटते ही अपनी खरज आवाज़ में गीत छेड़ दिया :

"सरफ़रोशी की तमन्ना अब हमारे दिल में है।
देखना है ज़ोर कितना बाज़ु-ए-क़ातिल में है।"

जब एक मिसरा गा चुके तो एक समाजसेवी ने हाथ उठाया।

"महाराज, यह गीत गाकर आप किसका ज़ोर आज़माने जा रहे हैं? वह क़ातिल कौन है? आपके ज़माने में तो अंग्रेज़ क़ातिल था न, अब कौन है?"

कुछ लोगों ने सिर हिलाया। बात तो ठीक थी। यह गीत तो आज़ादी के पहले का गीत था, अंग्रेज़ आततायियों को सम्बोधित करके लिखा गया था। अब तो देश आज़ाद है। आप किस क़ातिल से मोर्चा लेने निकले हो?

इस पर गोस्वामी जी ने बच्चों की-सी सरलता से कहा, "गीत तो और भी हैं, पर वे मुझे ठीक तरह से याद नहीं। और उनके सुर-ताल भी मैं अच्छी तरह से नहीं जानता।"

"जैसे?" कहीं से आवाज़ आई।

उसी बच्चों के-से भोलेपन में गोस्वामी ने गीतों की पंक्तियाँ दोहरा दीं :

वही है वही है मेरी जन्मभूमि, प्यारी जन्मभूमि।

एक तो यह है, दूसरा :

विजयी विश्व तिरंगा प्यारा
झंडा ऊँचा रहे हमारा।
इसकी शान न जाने पाए,
चाहे जान भले ही जाए।"

"ये तो बड़े अच्छे गीत हैं।" प्रोफ़ेसर सेठी ने टिप्पणी की, "क्यों भाई, कोई जानता है पूरा का पूरा गीत, सुर-ताल समेत?"

पर वही हुआ जिसकी आशंका थी। कुछ लोगों ने सुन रखे थे, पर दो-एक पंक्तियों को छोड़कर किसी को पूरे याद नहीं थे।

इस पर किसी मनचले युवक की आवाज़ आई :

"मेरा जूता है जापानी,
यह पतलून इंगलिस्तानी...

यह गा दो।"

कुछ लोग ठहाका मारकर हँस दिये।

"इसमें हँसने की क्या बात है?" युवक ने कहा, "'पर दिल है हिन्दुस्तानी'— ये शब्द देश-प्रेम की भावना से ओत-प्रोत है।"

"नहीं चलेगा।" कहीं से दो-टूक आवाज़ आई।

"अच्छा, यह नहीं चलेगा तो यह गीत गा दो :

ऐ मेरे प्यारे वतन, ऐ मेरे बिछड़े चमन
तुम पे दिल क़ुर्बान।"

इस पर छूटते ही किसी ने आपत्ति की, "यह भी फ़िल्मी गीत है, और यह अफ़ग़ानिस्तान के बारे में है।"

स्थिति फिर उलझने लगी थी, जिसे देखकर प्रोफ़ेसर सेठी उठ खड़े हुए और बड़े फ़लसफ़ाना अन्दाज़ में बोले, "सच पूछो तो देशभक्ति के गीत लिखे ही संघर्ष के दिनों में जाते हैं। उनमें एक प्रकार की ललकार होती है। आज़ादी मिल जाने के बाद ललकार का कोई मतलब नहीं रह जाता। किसे ललकारोगे? इसी कारण आज़ादी मिल जाने के बाद देशभक्ति के गीत नहीं

लिखे जाते, बल्कि सरकार की आलोचना करनेवाले गीत, मुतालबों और माँगों के गीत अधिक लिखे जाते हैं।''

प्रोफ़ेसर का वाक्य अभी पूरा नहीं हुआ कि कहीं से आवाज़ आई, ''कुछ भी गाते हुए नहीं जाओ, बिना गाए भी तो हम सफ़ाई-अभियान पर जा सकते हैं।''

''यह भी बुरा नहीं है,'' किसी और मनचले की आवाज़ आई, ''चुपचाप चलो—झाड़ू-तसले कन्धों पर उठाए हुए। लोग-बाग समझेंगे, नगर पालिका के जमादार पगार बढ़वाने के लिए मौन प्रदर्शन कर रहे हैं।''

इस पर ज़ोर का ठहाका लगा।

जब उसका शोर थमा तो गोस्वामी अवसाद में अपना सिर हिला रहे थे।

''अगर गीत नहीं गाओगे तो प्रभातफेरी का मतलब ही क्या रह गया? प्रभातफेरी तो होती ही गीतों के साथ है,'' फिर पुराने दिनों को याद करते हुए भावुक-से होकर बोले, ''अव्वल तो प्रभातफेरी में लड़कियाँ गाती हैं। सुबह-सुबह नारी-कंठ में से निकलनेवाली सुरीली आवाज़ वातावरण में रस घोलती है, बड़ा आनन्द आता है।''

गोस्वामी जी की बात सुनकर कुछ लोगों ने एक-दूसरे की ओर देखा और मुस्कुरा दिये। बूढ़े को सुरीली आवाज़ें सुनने की अभी भी लत है!

''गोस्वामी जी, कोई और गीत याद हो, जो नारी-कंठ से सुना हो—मीठा-मीठा, तो वह भी सुना दीजिए!''

कुछ लोग हँस दिये।

प्रोफ़ेसर सेठी फिर से सतर्क हो गए—कहीं ऐसा न हो कि सारा कार्यक्रम ही खटाई में पड़ जाए!

गोस्वामी के मुँह से नारी-कंठ की बात सुनकर सहसा ही उन्हें कुछ याद हो आया।

''सुनो जी, मैंने इसका हल निकाल लिया है। प्रभातफेरी में गीतों की कोई कमी नहीं होगी।

''हमारे विश्वविद्यालय में एक संगीत विशारद महिला हैं—श्रीमती ज्ञानवती, संगीत की अध्यापिका हैं। उन्होंने देशभक्ति के गीतों में शोध-कार्य किया है। उन्हें कितने ही गीत कंठस्थ होंगे। हम उनको बुला लाएँगे।''

"वाह, इससे अच्छा क्या है!" कहीं से आवाज़ आई, "नारी-कंठ की समस्या भी हल हो गई—एक पंथ, दो काज!"

कार्यक्रम की दूसरी समस्या भी हल हो गई। आयोजन की रूपरेखा स्पष्ट होने लगी। रविवार को प्रातः साढ़े चार बजे डाकख़ाने के गेट के पास मंडली इकट्ठी होगी, फिर गली-गली होते हुए ठीक सात बजे खानकाह के पीछे वाली बस्ती में पहुँच जाएगी। श्रीमती ज्ञानवती अपनी सधी हुई आवाज़ में देशप्रेम की धुनें गाएँगी, मंडली के लोग उनके साथ-साथ गाएँगे। गोस्वामी जी जो बार-बार अटपटा महसूस करते रहे थे, और सोचते रहे थे कि कैसा ज़माना बदल गया है पर अब आश्वस्त महसूस करने लगे थे कि कार्यक्रम पहले की ही भाँति सम्पन्न हो जाएगा।

और वैसा ही हुआ भी।

रविवार की प्रातः शहर के उस इलाक़े की तंग गलियाँ देशभक्ति के गीतों से गूँजने लगीं। तिरंगा उठाए, आगे-आगे गोस्वामी जी, साथ में ज्ञानवती, और उत्साही देशभक्तों की टोली—वाह-वाह, कैसा समाँ था! गोस्वामी जी को किसी-किसी वक़्त भ्रम होने लगता कि वह पुराने वक़्तों में पहुँच गए हैं। बार-बार भावोद्वेलित हो उठते। किसी-किसी वक़्त किसी घर की खिड़की खुलती और कोई चेहरा उत्सुकता से नीचे की ओर देखता हुआ नज़र आता। गोस्वामी जी पुलक-पुलक जाते और जोश में झूमते हुए आगे बढ़ने लगते।

एक जगह पर खिड़की खुली और ऊपर से आवाज़ आई "पापा, ये कौन लोग हैं?"

"चुनाव आ रहे हैं, बेटा, जा, सो जा।"

प्रभातवेला का झुटपुटा छन चुका था जब वे लोग गलियाँ लाँघकर उस बस्ती के सामने पहुँचे जहाँ सफ़ाई-अभियान का सूत्रपात होना था। हवा में चाँदी घुली हुई थी और बस्ती के टूटे-फूटे, जीर्ण-शीर्ण घरों के पीछे, आकाश में खिली उषा की लाली ने सारे दृश्य को चित्रवत् बना दिया था। गोस्वामी जी को लगा, जैसे वह सचमुच ही पचास वर्ष पहले की ही किसी बस्ती में पहुँच गए हैं। सारा दृश्य ही उन्हें परिचित-सा लगा। घरों का झुरमुट, झुरमुट के बाहर गन्दे पानी का पोखर, जिस पर जगह-जगह हरी-हरी काई जमी थी। एक जगह पोखर के किनारे कूड़े का बड़ा-सा ढेर। बस्ती की नालियों का पानी, लगता था, इसी पोखर में ही गिरता है और पिछले पचास साल से गिर

रहा है। पोखर के एक सिरे पर एक भैंस खड़ी थी जिसके सींग पर एक कौवा बैठा पोखर के पास आँख लगाए हुए था जहाँ किसी मरे हुए कुत्ते की लाश पड़ी थी। कौवा आँख की सीध में सीधा देख रहा था मानो सोच रहा हो कि अभी सीधा लाश के पास जा पहुँचूँ या सुबह की ठंडी-ठंडी हवा में कुछ देर और सुस्ता लूँ।

यह परिचित दृश्य देखते ही गोस्वामी के तन-बदन में स्फूर्ति की लहर दौड़ गई। वही कीच, वही पोखर, वही कच्ची गलियाँ, वाह! गोस्वामी गद्‌गद हो उठे और उनके हाथ सफ़ाई-अभियान में जुट जाने के लिए मचलने लगे।

समाजसेवियों की मंडली गीत गाती हुई, पोखर के किनारे-किनारे चलती हुई बस्ती की तीन गलियों में से बीच वाली गली के सामने जा पहुँची।

गोस्वामी झाड़ू की मूठ पकड़े गली में घुस गए और सीधा ही उसे बुहारने लगे। मंडली के सभी सदस्य उनका अनुसरण करते हुए बस्ती की तीनों गलियों में छितर गए और सफ़ाई-अभियान आरम्भ हो गया। कुछ लोगों को, जिन्हें यहाँ आने में संकोच और संशय था, वे भी एक-दूसरे की देखा-देखी गलियाँ बुहारने में जुट गए।

कुछ ही देर में बस्ती के लोग, कुतूहलवश, अपने-अपने घरों में से निकलकर बाहर आने लगे। सबसे पहले, बस्ती के अधनंगे बच्चे, एक के बाद एक, भाग-भागकर आने लगे और मुँह में उँगली दबाए इस कौतुक को देखने लगे। घरों की स्त्रियाँ टाट के पर्दे उठा-उठाकर बाहर झाँकने लगीं।

गोस्वामी ने बस्तीवालों की यह स्वाभाविक प्रतिक्रिया देखी तो उन्हें रोमांच हो आया। यही जागृति है, जन-जागरण है, यही जन-सम्पर्क है, और क्या! यह भी हू-ब-हू वैसा ही था, जैसा पचास वर्ष पहले हुआ करता था।

यह सफ़ाई-अभियान का जादू ही समझो कि गली का बहुत-सा हिस्सा बुहार चुकने के बाद जब गोस्वामी ने अपना कँटीला झाड़ू गली की नाली में डाला तो उन्हें सचमुच लगा, जैसे वे आज़ादी से पहले के कालखंड में पहुँच गए हों—आधी कच्ची, आधी पक्की नाली, वाह-वाह! नाली में लगभग एक फुट की गहराई तक भरा कीच। कीच का रंग भी वैसा ही था, जैसा आज़ादी के पहले हुआ करता था—नीला-काला और वैसा ही लसलसा। उन्होंने दो ही बार झाड़ू को नाली में ज़ोर से हिलाया होगा कि मच्छरों की फ़ौज उड़ी और कसैली बू का भभका उठा। गोस्वामी ने नाक-भौंह तो सिकोड़े पर बदबू का

भभका उन्हें सरूर दे गया। वाह, वाह, वैसी ही नालियों में से उठनेवाली गन्ध! गोस्वामी के मन में हिलोर-सी उठी कि क्या मालूम, यह उसी समय, उसी काल का कीच हो! धन्य है! यदि ऐसा है तो हम धन्य हो गए। गोस्वामी को फिर से रोमांच हो आया। उन्हें लगा, जैसे बरसों की भटकन के बाद वह अपने ठिकाने पहुँच गए हैं। उन्होंने फिर से मज़बूत हाथों से झाड़ू को सँभाला और नाली की कीच को बिलोने लगे। उन्हें यह चमत्कार-सा लगा। गोस्वामी ने मुँह पर हाथ फेरा, जबड़े को दो-तीन बार दाएँ-बाएँ हिलाया। क्या मालूम, चेहरे की झुर्रियाँ भी ग़ायब हो गई हों और मुँह में मसनूई दाँतों की जगह अपने दाँत लौट आए हों! सिर पर हाथ फेरा। पर नहीं। खोपड़ी ऊपर से सफाचट थी। उनके दिल में हूक-सी उठी। हे भगवान, यदि काल की गति इस बस्ती के लिए थम सकती थी, तो मेरे लिए क्यों नहीं थम सकती थी?

अब तक बस्ती के कितने ही अधनंगे बच्चे कुतूहलवश गोस्वामी के आस-पास खड़े थे। गोस्वामी ने जब अपना झाड़ू फिर से नाली में मारा तो पास खड़े बस्ती के एक लड़के ने पूछा, "आप क्या ढूँढ़ रहे हैं बाबू जी? आपका क्या खो गया है?"

गोस्वामी ने पलटकर बच्चे की ओर देखा और मुस्कुराकर बड़े आश्वस्त भाव से बोले, "जो मैं ढूँढ़ रहा था, मुझे मिल गया है, बेटा!"

ऐसा नहीं कि बस्ती के लोगों ने सफ़ाई-अभियान के प्रति दिलचस्पी न दिखाई हो। टाट के पर्दे के पीछे खड़ी एक स्त्री ने अपनी हमसाइज से पूछा, "हाय, हाय, यह नालियों में से कीच क्यों निकाल रहे हैं, गोमती? क्या पक्की नालियाँ बनेंगी?"

जवाब में गोमती की आवाज़ आई, "वह क्या होता है?"

बस्ती के एक बुजुर्ग, जो देर तक अपने घर की छत पर से नीचे गली का दृश्य देखते रहे थे, ऊपर से ही गोस्वामी को सम्बोधन करके बोले, "आप हमें शर्मिन्दा करने आए हो। आप हमारी नाली साफ़ न कीजिए। एक-एक गली में एक नल लगवा दीजिए, नालियाँ अपने-आप साफ़ होती रहेंगी।"

गोस्वामी जी सुनकर मुस्कुरा दिये। उनका मन हुआ, उस बुजुर्ग से कहें—'अगर ऐसा होने लगे तो सफ़ाई-अभियान का अर्थ ही क्या रह जाएगा!'

छत पर खड़े बुजुर्ग से बोले, "बेशक, बेशक, नल लगने चाहिए। नल अपनी जगह, सफ़ाई-सेवा अपनी जगह! समय आने पर नल भी लगते रहेंगे।"

अब तक दो गलियों में झाड़ू लगाई जा चुकी थी और लगभग दोनों ही गलियों की नालियों में से लसलसा कीच निकाल-निकालकर नाली के किनारे ढेरियों में रखा जा चुका था। इसका शुभारम्भ भी गोस्वामी जी ने ही अपने भावावेश में किया था। पहले अपने झाड़ू से कीच बिलोते रहे थे, फिर उसे तसले में डाल-डालकर नाली के किनारे उड़ेलते रहे थे। ऐसा करने पर उनके अन्दर सेवा-भाव की हिलोर-सी उठती रही थी।

श्रीमती गोयल सारे अभियान में पहले तो देर तक अन्यमनस्क-सी खड़ी रही थीं, फिर झाड़ू लेकर, प्रतीकात्मक तौर पर एक गली को बुहारती रही थीं। उनकी आँखें बार-बार दूर, पोखर के पार, बस्ती में खुलनेवाली गली पर उठती रही थी, इस इन्तज़ार में कि शायद कोई प्रेस-फ़ोटोग्राफ़र या जर्नलिस्ट पहुँच ही जाए। गलियों में झाड़ू लगाते, नालियाँ बिलोते उनके साथी और विशेष रूप से नालियों के किनारे जगह-जगह लगी लसलसे कीच की ढेरियाँ—यह सफ़ाई-अभियान किसी भी फ़ोटोग्राफ़र के लिए ऐतिहासिक महत्त्व का दृश्य बन सकता था। वह मन-ही-मन खीज रही थीं कि गोस्वामी की बातों में आकर उन्होंने प्रचार का एक बिरल अवसर खो दिया है।

धूप तेज़ होने लगी थी। देशसेवक पसीने से तर अभी भी अपने झाड़ू, खुरपे चला रहे थे। गोस्वामी जी आश्वस्त थे। अभियान कामयाब रहा था। उनके चेहरे पर दैवी मुस्कान खिल उठी थी। गलियाँ बुहारी जा चुकी थीं, नालियों के किनारे पड़ी लसलसी कीच की ढेरियों को देख-देखकर वह गद्गद हो रहे थे।

"अब चलें?" श्रीमती गोयल ने तनिक रुखाई से पूछा।

गोस्वामी जी ने चारों ओर नज़र दौड़ाई और आश्वस्त होकर बोले, "हाँ, चलो, स्वयंसेवकों को इकट्ठा करो।"

एक गली के मुहाने पर समाजसेवी इकट्ठा होने लगे। तसले, झाड़ू, खुरपे, अभियान का सारा सामान एक जगह पर रखा जाने लगा। गोस्वामी ने दीवार के साथ रखा झंडा फिर से उठा लिया। संगीत विशारद महिला फिर से मंडली के बीचोबीच आकर खड़ी हो गई। जगह-जगह बस्ती के लोग गाँठ बाँधे खड़े थे और समाजसेवियों के कार्यकलाप को देखे जा रहे थे।

गोस्वामी ने हाथ उठाकर नारा लगाया। अभी वे गली के मुहाने पर से मैदान की ओर अपने पहले क़दम बढ़ाने ही वाले थे कि पीछे से आवाज़ आई, "ऐ साहिब, रुकिए! ठहरिए!"

सभी ने मुड़कर देखा। बस्ती के कुछ निवासी, जिनके आगे-आगे गठीले शरीर का एक नाटा-सा आदमी चला आ रहा था, उनकी ओर बढ़ते आ रहे थे।

जब वे नज़दीक पहुँचे तो गोस्वामी ने बाँहें फैलाकर उनका स्वागत किया।

"कहिए भगवन्, आपने पीछे से आवाज़ लगाई।"

गठीले, नाटे शरीर वाला आदमी, पास आकर बोला, "आपने गलियाँ बुहार दीं, पुण्य कमा लिया। अब नालियों का कीच हमारे लिए छोड़ चले हैं—हमारी बस्ती की सजावट के लिए। इस कीच को कौन सँभालेगा?"

गोस्वामी तथा उनके साथियों ने घूमकर देखा, जगह-जगह काले कीच की ढेरियाँ बस्ती की शोभा बढ़ा रही थीं।

गठीले युवक की आपत्ति से गोस्वामी के दिल को ठेस लगी थी। पर फिर भी हँसकर, बड़े सहज भाव से बोले, "यह तो सफ़ाई-अभियान का प्रसाद है, बेटा! तुम देख रहे हो, हमने जन-जागरण का कितना बड़ा काम किया है!"

पर युवक तमककर बोला, "इन ढेरियों को उठवाकर आपके घर भेज दूँ? अगर कीच उठवाना नहीं था तो निकाला क्यों?"

कुछ देर के लिए गोस्वामी असमंजस में पड़ गए कि क्या जवाब दें। उस आदमी के लहजे में रुखाई थी, पर फिर भी स्नेहसिक्त आवाज़ में बोले, "कीच का क्या है, वहीं पड़ा-पड़ा सूख जाएगा। अभी गीला है, लसलसा है, सूखकर मिट्टी हो जाएगा। यह कीच का स्वभाव है।"

श्रीमती गोयल का चेहरा फिर से तमतमाने लगा। उन्हें गोस्वामी पर ग़ुस्सा आ रहा था। हम प्रतीकात्मक तौर पर गलियाँ बुहारने आए थे, नालियों में से कीच निकालने का मतलब ही क्या था?

गोस्वामी ने मन-ही-मन स्थिति पर विचार किया। कीच का अपने में कोई महत्त्व नहीं, वह सोच रहे थे, कीच नालियों में से निकले या नहीं, वहाँ से उठाया जाए या नहीं उठाया जाए, ये गौण बातें हैं। कीच जहाँ पर है, बेशक वहीं पर बना रहे, मुख्य ध्येय तो जागृति पैदा करना है, बस्तीवालों को सफ़ाई-अभियान के महत्त्व की ओर सचेत करना है। वह बड़े उत्साह से बोले, "मुझसे पूछें तो आप लोगों को भी ऐसे अभियान पर निकलना चाहिए।

आपकी बस्ती में भी समाजसेवियों की कमी नहीं होगी। आप उन्हें इकट्ठा कीजिए, आस-पास कहीं कोई बस्ती ढूँढ़ लीजिए और वहाँ पर हमारी तरह सफ़ाई-अभियान चलाइए। इससे जन-जागरण होता है, मन को शान्ति मिलती है, जन-सम्पर्क होता है...।''

नाटा युवक गोस्वामी के चेहरे की ओर देखे जा रहा था। गोस्वामी ने उसके कन्धे पर हाथ रखा और बड़े स्नेह से बोले, ''नाराज़ मत होइए। समाजसेवा का काम उद्विग्न मन से नहीं किया जा सकता है। वह तो प्रेम-भावना से ही किया जा सकता है। भगवान के घर में देर है, अन्धेर नहीं। वक़्त आने पर ढेरियाँ सूख जाएँगी, गीला कीच मिट्टी हो जाएगा।'' यह कहते हुए गोस्वामी अपने साथियों की ओर मुड़े।

पर नाटे ने रास्ता रोक लिया, ''यह उठवाकर जाइए, कह दिया।''

गोस्वामी कुछ देर ठिठके खड़े रहे, फिर बड़े धैर्य से बोले, ''आप चिन्ता नहीं करें। नालियों में से कीच निकाला जा सकता है तो उसे वापस भी डाला जा सकता है। हम उसे वापस नालियों में डाल देंगे।''

कुछ देर बाद कीच वापस अपनी जगह पहुँच गया था। मच्छरों की सेना जो अभी तक हवा में भटकती रही थी, अपनी छावनी में लौटने लगी थी।

संगीत विशारद महिला 'मेरी जन्मभूमि' वाला गीत मुक्त कंठ से गाने लगी। समाजसेवियों की मंडली पोखर के किनारे-किनारे चलती हुई बस्ती के बाहर जाने लगी। इस बीच भैंस पोखर में जाकर बैठ गई थी और अपना बदन ठंडा करने लगी थी, और कौवा, अपने कुछेक साथियों के साथ कुत्ते की लाश के पास जा पहुँचा था।

[*वर्तमान साहित्य,* जनवरी-फ़रवरी, 1998]

आज़ादी का शताब्दी-समारोह

[सन् 2047। आज़ादी के शताब्दी-समारोह की तैयारियाँ। सत्तारूढ़ पार्टी इस अवसर पर उपलब्धियों का घोषणा-पत्र तैयार कर रही है। सदस्यों की बैठक में आधार-पत्र पर विचार किया जा रहा है।]

[संयोजक हाथ में आधार-पत्र उठाए हुए मेज़ के पीछे खड़े हैं।]

संयोजक : इस अवसर से पूरा-पूरा लाभ उठाते हुए हमें अपनी उपलब्धियों का विशेष रूप से प्रचार-प्रसार करना होगा। मैं सबसे पहले कुछेक सांस्कृतिक उपलब्धियों की चर्चा करना चाहूँगा।

आज़ादी के बाद की पहली अर्द्धशताब्दी में केवल तीन प्रमुख शहरों के नाम बदले गए थे—बम्बई, मद्रास आदि। कुछ के केवल हिज्जे बदले गए थे, जैसे—कानपुर। उनके हिज्जों में से अंग्रेज़ियत निकाल दी गई थी। आपको यह जानकर प्रसन्नता होगी कि उसके बाद अर्द्धशताब्दी में सत्रह नगरों के नामों का भारतीय-करण किया गया है, जैसे—दिल्ली का हस्तिनापुर, पटना का पाटलिपुत्र, आदि।

[तालियों की गड़गड़ाहट]

एक सदस्य : माफ़ कीजिए, यह कोई उपलब्धि नहीं है। यह मात्र काग़ज़ी कार्रवाई है।

संयोजक : मुझे यह देखकर बड़ा दुःख होता है, जब हमारी ही पार्टी के सदस्य इसे काग़ज़ी कार्रवाई कहते हैं। क्या नामों का भारतीयकरण मात्र काग़ज़ी कार्रवाई है? *(गर्मजोशी से)* हम पूर्वजों का मज़ाक नहीं उड़ा सकते।

सदस्य : आप देश की अर्थव्यवस्था की बात करें, बढ़ती आबादी की बात करें...।

संयोजक : इन बातों की भी चर्चा होगी। मैंने सोचा, आरम्भ में सांस्कृतिक उपलब्धियों की चर्चा की जाए।

सदस्य : नहीं-नहीं, आप मुख्य मुद्दों पर आइए।

[संयोजक आधार-पत्र के पन्ने पलटता है।]

संयोजक : पचास साल पहले जब आज़ादी की पचासवीं सालगिरह मनाई जा रही थी, 35 लाख भारतीय नागरिक अन्य देशों में जाकर बस गए थे। आज 2047 में, प्रवासियों की संख्या 15 करोड़ हो गई है। *(तालियाँ)*

सदस्य : इसमें हमारी क्या उपलब्धि है? वे लोग मजबूर होकर गए।

संयोजक : *(गर्मजोशी से)* हमने ऐसे हालात पैदा किए...जिनसे उन्हें बाहर जाने की प्रेरणा मिली। इससे देश की आबादी भी कम होती है और देश को आर्थिक लाभ भी होता है।

सदस्य : क्या आबादी कम करने का यही एक उपाय है?

संयोजक : यही एक उपाय नहीं है। आबादी कम करने में प्रकृति और दैवी शक्तियाँ ज़्यादा मददगार रही हैं। इसकी चर्चा मैं अलग से करूँगा।

सदस्य : कृपया विस्तार से बताइए।

संयोजक : उत्तरपूर्वी क्षेत्र में भूचाल आया, पन्द्रह हजार लोग दबकर मर गए। उत्तर-दक्षिण में महामारी फूटी, कहीं-कहीं पर क़हर की नौबत आई। और मैं विशेष रूप से आपका ध्यान एक तथ्य की ओर आकृष्ट करना

चाहता हूँ। आपको जानकर सन्तोष होगा कि एड्स की बीमारी ने भारत में जड़ें जमा ली हैं, मृतकों की संख्या उत्तरोत्तर बढ़ रही है। *(तालियाँ)*

पर इस तथ्य की चर्चा हम अपने घोषणा-पत्र में नहीं करेंगे। हाँ, दैवी शक्तियों के योगदान के प्रति नतमस्तक हो आभार प्रकट किया जाएगा और प्रार्थना-सभाएँ की जाएँगी कि भविष्य में भी वे अपनी कृपादृष्टि बनाए रखें।

सदस्य : पर इसमें आपने क्या किया?

संयोजक : दैवी शक्तियों ने हमें इसका अधिकारी समझा तभी हम पर कृपा की। और हमने नतमस्तक हो दैवी शक्तियों की देन को स्वीकारा।

सदस्य : इस तरह तो आतंकवाद, जातिवाद, साम्प्रदायिकता के फलस्वरूप जो दंगे हुए, उनमें भी लोग मारे गए। उनसे भी आबादी कम हुई।

संयोजक : हम इस पहलू को भूले नहीं हैं। हम इसकी भी चर्चा करेंगे। माफिया की भी। भुखमरी की भी। आपको जानकर सन्तोष होगा कि सड़क के हादसों में मरनेवालों की संख्या गत पचास वर्षों में स्विट्जरलैंड की पूरी आबादी से अधिक हुई है। हम इस पर भी रोक लगा सकते थे, पर ध्यान रहे कि जो हादसे घर-परिवारवालों के लिए दुखद होते हैं, वे देश और जाति के लिए हितकर होते हैं।

आप विचार कीजिए, यदि इनके कारण आबादी में कमी नहीं हुई होती तो हमारे यहाँ कैसी विस्फोटक स्थिति पैदा हो जाती। हमने हर मुमकिन कोशिश की है कि आबादी को विस्फोटक स्तर तक न पहुँचने दिया जाए।

सदस्य : यदि इस प्रकार आप आबादी कम करने का प्रयास कर रहे हैं तो क्यों नहीं ज़हर की गोलियाँ लोगों में बाँट देते?

संयोजक : यह कैसा बेहूदा सुझाव आपने दिया है! ऐसी गोलियों को खाएगा कौन? क्या आप खाएँगे?

(श्रोताओं से) लेकिन हमने विदेशों में बननेवाली दवाइयों का आयात आसान कर दिया है, जो ज़ाहिरा तौर पर तो इलाज के लिए बनी हैं, पर जो बीमार की जान लेने में सहायक होती हैं।...आबादी का मसला सचमुच बड़ा टेढ़ा मसला होता है। सरकार के लिए दूरंदेश होना बहुत ज़रूरी है।

[गम्भीरता से, आगे बढ़कर]

आप जानते हैं कि अर्द्धशताब्दी की समाप्ति पर हमारे देश ने आणविक हथियार बनाने की दिशा में ठोस क़दम उठाए थे। आप यह भी जानते हैं कि ऐसे क़दम हमारे पड़ोसी देश ने भी उठाए थे।...यह दोनों देशों की दूरंदेशी का ही प्रमाण है। परस्पर सहयोग की दिशा में यह बड़ा ठोस क़दम है। इससे आबादी की समस्या का दोनों ओर से सन्तोषजनक हल होगा। केवल इस बात को सुनिश्चित करना ज़रूरी है कि दोनों का संकल्प बराबर बना रहे।

[एक आदमी पास आकर संयोजक को काग़ज़ का पुर्ज़ा देता है।]

(पढ़कर) क्षमा कीजिए, अभी-अभी किसी सज्जन ने आपत्ति की है कि हम विष की गोलियाँ बाँटने जा रहे हैं कि हम अपने देशवासियों को ज़हर देंगे।

[हाथ ऊँचा उठाकर]

ऐसा जघन्य अपराध हम नहीं करेंगे। वास्तव में आबादी कम करने की दिशा में अनेक सुझाव समिति के सामने रखे गए थे। भ्रूण-हत्या को लेकर भी एक सुझाव था कि ऐसी गोलियाँ मुफ़्त बाँटी जाएँ, जिनसे अपने-

आप ही गर्भपात हो जाए; परन्तु इसे भी मान्यता नहीं मिली। एक और सुझाव को अपना लिया गया, बल्कि एक उद्योगपति के साथ करारनामा भी हो गया है। एक विदेशी कम्पनी हमारी भारतीय कम्पनी के साथ मिलकर ऐसी गोलियाँ तैयार करेगी, जिसका सेवन केवल हमारे पुरुष करेंगे। *(धीमे स्वर में, गोपनीय लहज़े में)* जिससे कुछ ही समय में उनका पुंसत्व जाता रहेगा, वे नपुंसक होते चले जाएँगे। *(उत्साह के साथ)* बढ़ती आबादी को रोकने का इससे बेहतर कोई इलाज नहीं है। एक पन्थ, दो काज। *(तालियाँ)* *(हाथ उठाकर)* वास्तव में इन गोलियों का प्रचार काम-वासना बढ़ाने के लिए किया जाएगा। एक ही पीढ़ी की कालावधि में आबादी की बढ़ती एक-चौथाई कम हो जाएगी। *(तालियाँ)*

[एक और आदमी पुर्ज़ा दे जाता है।]

(पढ़कर) माँग की गई है कि दैवी शक्तियों के योगदान की बात विस्तार से बताई जाए।

(आगे बढ़कर) अच्छा सवाल है। प्रकृति कह लीजिए अथवा दैवी शक्तियाँ, इनकी ओर से अनेक संकट आया करते थे : बाढ़, दुर्भिक्ष, भूचाल, महामारी आदि-आदि; पर पहले हम इन्हें मुसीबतें समझते थे और इनसे बचने की कोशिश करते थे। वह हमारी अज्ञानता थी। वास्तव में वे प्रकृति की देन थे, दैवी शक्तियों का वरदान था, हमारे प्रयासों को सफल बनाने में उनका योगदान था। अब हम उनसे अपना बचाव करने की चेष्टा नहीं करते, अब हम इन्हें वरदान मानकर उनका स्वागत करते हैं। वास्तव में यह हमारी परम्परा के अनुरूप ही है। पहले ज़माने में हमारे पुरखा प्रकृति के प्रकोप को यह कहकर स्वीकार कर लिया करते थे कि इसके पीछे कोई भलाई

छिपी होगी, अब हम उस भलाई को अपनी आँखों से देख सकते हैं कि ऐसे वरदानों के लिए ज़मीन तैयार करें। और हम किसी हद तक सफल भी हुए हैं। विशेष रूप से महामारी और भुखमरी की दिशा में। पहले केवल गाहे–बगाहे महामारी फूटती थी, अब आए–दिन फूटने लगी है। पहले हम इन्हें प्राकृतिक विस्फोट कहते थे, वास्तव में वे दैवी वरदान थे। हमें इस बात का गर्व है कि इस प्राचीन देश में, प्रकृति के साथ हमारा सहयोग उत्तरोत्तर बढ़ता जा रहा है। इस सहयोग ने दुनिया के सामने एक मिसाल क़ायम कर दी है। *(देर तक करतल ध्वनि)* अब मैं आपका ध्यान विचारधारा और सिद्धान्त के क्षेत्र में प्राप्त उपलब्धियों की ओर दिलाना चाहता हूँ। कृपया ध्यान से सुनें।

आज़ादी के बाद की पहली अर्द्धशताब्दी में चिन्तन के स्तर पर एक बहुत बड़ा भ्रम पाया जाता था। पिछले पचास वर्षों में हम इस भ्रम को दूर करने में बहुत हद तक सफल हुए हैं कि व्यक्ति का आचरण व्यक्तिगत जीवन और सार्वजनिक जीवन में एक जैसा है, कि दोनों में तालमेल होना चाहिए। इस मिथ्या अवधारणा से देश की प्रगति में बहुत बड़ी बाधा पड़ती थी।

वास्तव में जीवन के हर क्षेत्र के अपने नियम होते हैं। एक क्षेत्र के नियम दूसरे क्षेत्र पर लागू नहीं किए जा सकते।

यदि व्यापार में रिश्वत दी जाती है तो मैं एक व्यापारी के नाते रिश्वत दूँगा, दूध में पानी मिलाऊँगा, सीमेंट में रेत मिलाऊँगा। पहले वे काम किए तो जाते थे पर इन्हें बुरा माना जाता था। अब हमने यह द्वन्द्व हटा दिया है। आप समझने की कोशिश कीजिए, यह बहुत बड़ी उपलब्धि है। विचार और व्यवहार के स्तर पर हमने दुविधा की भावना को दूर कर दिया है।

इससे पिछली अर्द्धशताब्दी में विचार के स्तर पर एक बहुत बड़ी कमज़ोरी पाई जाती थी : नैतिक नियमों को समान रूप से जीवन के सभी क्षेत्रों पर लागू किया जाता था, जैसे—सच बोलना, धर्मपरायण होना, सहिष्णुता आदि। नैतिक नियम प्रत्येक कार्यक्षेत्र पर समान रूप से लागू नहीं किए जा सकते। प्रत्येक क्षेत्र के अपने नियम हैं। पिछले ज़माने में यही सबसे बड़ी भूल रही थी। इसी कारण हम उन्नति नहीं कर पाए, सदाचार के नियमों को सभी क्षेत्रों पर लागू करते रहे। पश्चिमी देशों ने शताब्दियों पहले यह गुर सीख लिया था, क्या मैं ग़लत कह रहा हूँ? इंग्लैंड ने हम पर दो सौ साल तक राज किया। अपने लोगों को मालामाल किया, हमें भूखों मारा। अपने लोगों को जनतंत्र दिया, हमें तानाशाही दी। यह नीति है। नीति इसी को कहते हैं। हमें भी नीतिवान बनना होगा। एक क्षेत्र की नियमावली को दूसरे क्षेत्र की नियमावली से अलग रखना होगा।

इसीलिए हमारी कोशिश रही है कि प्रत्येक कार्यक्षेत्र के नियम अलग रखे जाएँ। दूसरे, सत्ताधारी बात भले ही मानवीय मूल्यों की करें, पर व्यवहार में उन्हें अपने से दूर रखें। एक मिसाल लीजिए। सच बोलना बड़ी अच्छी बात है, पर क्या एक मंत्री सच बोल सकता है? क्या उसे अपने काम में झूठ का सहारा नहीं लेना पड़ता? क्या उसके हाथ में झूठ एक हथियार नहीं है? इसीलिए समिति ने सिफ़ारिश की है कि मंत्री सच की दुहाई तो दे, पर व्यवहार में उसे नज़दीक नहीं फटकने दे। *(तालियाँ)*

देश की प्रगति के लिए सिद्धान्त और व्यवहार को एक-दूसरे से अलग रखना नितान्त आवश्यक है। यदि एक आदमी ठेका लेने के लिए रिश्वत देता है

और मन्दिर में सत्यवादिता पर भाषण देता है, तो दोनों में कोई अन्तर्विरोध नहीं है। *(तालियाँ)*

इसी तरह विचार और भावना को भी एक-दूसरे से अलग रखना होगा। यह गुर भी हमने पश्चिमी देशों से सीखा है। व्यवहार में भावना का दख़ल नहीं होना चाहिए। पर सत्ताधारी के लिए क्या उसूल है? यह बात तो इन्साफ़ एवं हमदर्दी को लेकर करेगा पर व्यवहार में अपने निर्णय शंका, अविश्वास, द्वेष और निर्ममता के आधार पर करेगा। पत्र-पत्रिकाओं में सौहार्द, सहयोग की बात करे, परन्तु सत्ता का उपयोग करते समय मानव प्रेम, सौहार्द, सहयोग को ताक पर रख दे।

इसी कारण हम पिछले पचास वर्ष में प्रगति की राह पर तेज़ी से आगे बढ़े हैं। बड़े-बड़े जोखिम उठाए हैं। बड़ी-बड़ी क़ुर्बानियाँ दी हैं।

[घड़ी की ओर देखता है।]

माफ़ कीजिए, मुझे एक दूतावास के रिसेप्शन में पहुँचना है। घोषणा-पत्र के शेष भाग पर अगली बैठक में विचार करेंगे।

[एक सदस्य उठकर]

सदस्य : साहब, हम लोग ध्यान से सुनते रहे हैं। यह सब ठीक है पर हम सियासतदानों को क्या मिला? देश को तो बहुत-कुछ मिला। आज लोकसभा के कुछ सदस्यों को आपने सिक्युरिटी गार्ड दे रखे हैं। उन लोगों को यह विशेष सुविधा क्यों? क्या हम जोखिम नहीं उठाते?

संयोजक : *(मेज़ पर रखे हुए अपने काग़ज़ सँभालते हुए)* अच्छा किया, आपने याद दिला दिया। इस सम्बन्ध में एक शुभ सूचना आपको दे दूँ। कार्यकारिणी की सिफ़ारिशों

में से एक सिफ़ारिश यह भी है कि लोकसभा और राज्यसभा के गिने-चुने सदस्यों को ही नहीं, बल्कि सभी सदस्यों को सुरक्षा गार्ड दिये जाएँगे। हम जानते हैं कि सुरक्षागार्ड संसद सदस्य की प्रतिष्ठा का प्रतीक बन गया है और जनतंत्र में सभी को प्रतिष्ठा का समान अधिकार है।

इतना ही नहीं, यदि किसी संसद सदस्य के विरुद्ध क़ानूनी कार्रवाई चल रही है तो मुक़दमे के दौरान भी उसे सुरक्षा गार्ड उपलब्ध होगा और यदि उसे जेलख़ाने में भेजा जाता है तो वहाँ भी उसे सुरक्षागार्ड की सुविधा प्राप्त होगी, ताकि जेल के अन्दर भी साधारण क़ैदियों के मुकाबले में उसकी प्रतिष्ठा बराबर बनी रहे, ताकि जेल के अन्दर बैठे क़ैदियों को पता चले कि कोठरी के अन्दर कोई प्रतिष्ठित व्यक्ति बैठा है। *(तालियाँ)*

समिति ने सदस्यों के भत्ते पर भी पुन: विचार किया है। सुझाव है कि आजीवन भत्ता मिलता रहे, इतना ही नहीं, मरणोपरान्त भी दो पीढ़ियों तक उनके परिवारवालों को भत्ता मिलता रहे। सिफ़ारिश इस बात की भी की गई है कि जिस सरकारी घर में वे रहते रहे हैं, वह उन्हीं के नाम कर दिया जाए। *(देर तक तालियाँ)*

इसके अतिरिक्त और अनेक महत्त्वपूर्ण सुझाव हैं जिनकी चर्चा अगली बैठक में की जाएगी।

अब जन-गण-मन के बाद...

[सभी सदस्य उठ खड़े होते हैं।]

[जन-गण-मन की धुन बजाई जाती है।]

रिपोर्टर की डायरी

हवाई अड्डे पर श्री राय की ओर से तो कोई नहीं पहुँचा, न ही उनका ड्राइवर; हाँ, एक महिला मेरे नाम की दफ़्ती उठाए, हवाई अड्डे के बाहर खड़ी थी। मैंने पूछताछ की तो पता चला कि मेरे लिए ही गाड़ी भेजी गई है। मोटर प्राइवेट न होकर, सरकारी टैक्सी थी और उसे चलाने वाली महिला श्री राय की कोई सेक्रेटरी आदि न होकर, टैक्सी-ड्राइवर ही निकली।

कार में बैठते समय महिला-ड्राइवर ने मेरे हाथ में एक पत्र दिया। पत्र लोकसभा के स्पीकर श्री राय की ही ओर से था। लिखा था : 'मैं आपसे कल मिल सकूँगा, कल ग्यारह बजे प्रातः। आज आप दिल्ली की सैर करो, आपकी रिहाइश का बन्दोबस्त कर दिया है। देश की आज़ादी का शताब्दी-समारोह चल रहा है, घूमो-फिरो, मौज मनाओ।'

मुझे भी यह सुझाव अच्छा ही लगा। आज दिन-भर दिल्ली की सैर करूँगा, बीच में किसी वक़्त सरकार के 'विचारधारा अधिकारी' से भी मिल लूँगा, उन्होंने पहले से दोपहर का वक़्त दे रखा है।

मैं बहुत दिन के बाद भारत आया था। मैं बीसेक बरस का था, जब देश छोड़कर अमेरिका के लिए रवाना हो गया था। अब लगभग पचास बरस के बाद लौट रहा था—एक रिपोर्टर की हैसियत से। भारत की आज़ादी के सौ वर्ष हो रहे हैं। यह एक ऐतिहासिक पर्व है। कुछ डिस्पैच यहाँ से भेजता रहूँगा, कुछ वहाँ लौटकर लिखूँगा।

"तो आप श्री राय के साथ काम नहीं करतीं ? मैंने सोचा, उन्होंने आपको रिसीव करने के लिए भेजा है।"

"जी नहीं," उसने गाड़ी चलाते हुए कहा, "यह तो लोकसभा से फ़ोन आया कि गाड़ी भेजो तो मैं चली आई। नाम-पता उन लोगों ने ही दिया था।"

महिला-ड्राइवर बड़ी चुस्त-दुरुस्त निकली। बड़े सलीक़े से बात करती थी। कोई देखकर यह नहीं कह सकता था कि कार-ड्राइवर है। सिर के पीछे बालों का सधा हुआ जूड़ा, जिस पर गुलाब का फूल टँका हुआ था। भारतीय स्त्रियों की चहेती प्रथा। माथे पर बिन्दी भी थी। यहाँ पर बहुत-कुछ बदल गया होगा, मैंने मन-ही-मन सोचा—पर यह प्रथा नहीं बदली। चेहरे पर सलीक़े का मेक-अप।

मेरे मन में आया कि पीछे की सीट पर बैठने के बजाय, अगली सीट पर बैठता तो बेहतर था, महिला-ड्राइवर से कई बातों का पता चलता।

मेरे मन में यह विचार उठा ही था और ड्राइवर के सामने लगे छोटे-से शीशे में मुझे उसका चेहरा भी झलक दे गया था, कि गाड़ी की रफ़्तार धीमी पड़ने लगी और महिला-ड्राइवर बोली, "आप आगे आ जाइए।"

मैं चौंका। उसने मेरे मन की बात कैसे बूझ ली?

"नहीं-नहीं, चलिए, मैं ठीक हूँ।"

"आ जाइए, आ जाइए, आप बाहर से आए हैं, बहुत-कुछ पूछना चाहते होंगे।"

नेकी और पूछ-पूछ! गाड़ी रुकी और मैं आगे की सीट पर जा बैठा।

गाड़ी चली तो वह धीमे-धीमे मुस्कुरा रही थी। मुझे झेंप हुई।

"सच बताऊँ, मैं ख़ुद आगे बैठना चाहता था।"

"जानती हूँ। बाहर से आनेवाले सभी यात्री यही चाहते हैं और आप तो अपने हैं, हिन्दुस्तानी हैं। बड़ी उम्र के हैं," कहते हुए ठठाकर हँस दी, "बाहर से आनेवाले यात्रियों को हिन्दुस्तानी औरतें ख़ूबसूरत भी ज़्यादा लगती हैं।"

मुझे उस औरत का आत्मविश्वास अच्छा लगा। कुछ हैरत भी हुई। कुछ झेंप भी।

गाड़ी बड़ी सड़क पर आ गई थी और तेज़ रफ़्तार से चलने लगी थी। चौड़ी-खुली सड़कें, जगह-जगह बढ़िया दो-तरफ़ा पुल। मैं दंग रह गया। दिल्ली कितनी बदल गई है!

हम एक पुल पार कर रहे थे जब महिला-ड्राइवर बोली, "यह दो-तरफ़ा पुल जापानियों ने बनाया है, सर। बहुत अच्छा है न? इस पर गाड़ी चलाने का

भी अपना मज़ा है। तीन और पुल जापानियों ने बनाए हैं, दो जर्मनी वालों ने भी बनाए हैं। वे भी अच्छे हैं।''

मोटरें तेज़ी से आ–जा रही थीं। मुझे यह देखकर हैरानी हुई कि ज़्यादातर स्त्रियाँ ही मोटर चला रही थीं, टैक्सियाँ भी, यहाँ तक कि बसें भी।

''क्या यहाँ औरतें ही गाड़ियाँ चलाने लगी हैं?'' मैंने कहा।

वह हँस पड़ी, ''मर्द पियक्कड़ जो हो रहे हैं। एक्सीडेंट बहुत होने लगे थे। मेरे घरवाले का लाइसेंस ही छिन गया, तो मैंने गाड़ी चलाना सीख लिया। घर तो चलाना है न, सर,'' उसने बड़े स्वाभाविक लहजे में कहा, फिर बोली, ''हफ़्ता–भर यह शताब्दी–समारोह रहेगा। विदेशों से बहुत लोग आ रहे हैं, पीकर गाड़ी चलाने की सख़्त मनाही है,'' कहते हुए फिर से मुस्कुराई और सिर झटककर बोली, ''पर मर्द लोगों को क्या फ़र्क़ पड़ता है, सर! घरों में चौकड़ियाँ चलती रहती हैं। ख़ूब पीते हैं, ताश खेलते हैं।''

सड़क पर ट्रैफ़िक बढ़ गया था। हम आबादी के नज़दीक पहुँच रहे थे। सहसा गाड़ी बड़ी सड़क को छोड़कर किसी छोटी सड़क पर आ गई और थोड़ी ही देर में इकहरे घरों की एक बस्ती में प्रवेश कर गई।

''मैं दो मिनट के लिए अपने घर जाऊँगी, सर! इसी बस्ती में मेरा घर है। यह मोटर–ड्राइवरों की ही बस्ती है।''

और एक घर के सामने गाड़ी रुक गई। महिला ने हॉर्न बजाया।

''सुबह एयरपोर्ट जल्दी पहुँचना था, इसलिए घर से जल्दी निकल आई थी।''

मैंने बाहर की ओर नज़र दौड़ाई। घर में, ऊपर वाली छत पर, मुँडेर के पीछे एक आदमी, एक बच्चे को बाँहों में उठाए खड़ा था और बच्चे की पीठ थपथपा रहा था। हॉर्न की आवाज़ सुनते ही उसने बाहर की ओर देखा और मुँडेर के पीछे से हट गया।

थोड़ी ही देर में वह एक टिफ़िन–कैरियर हाथ में उठाए घर में से निकल रहा था।

मैं समझ गया कि यह आदमी इसका पति ही होगा।

''बंटी और रामू वक़्त पर स्कूल चले गए?'' महिला–ड्राइवर ने छूटते ही पूछा और उसके हाथ से टिफ़िन कैरियर लेकर अपने पास रख लिया।

''हाँ, चले गए।''

''दोनों ने ठीक नाश्ता कर लिया था?''

"हाँ, कर लिया था बीबी," आदमी ने तनिक खीजकर कहा।

"मुझे आज लौटने में देर हो सकती है, आप ही उन्हें स्कूल से ले आना।"

"सुन लिया, सुन लिया।" आदमी के मुँह से निकला।

शायद कार में मुसाफ़िर को बैठा देखकर उसे पत्नी का यों हुक्म देना अच्छा नहीं लगा था। पुराने संस्कार इतनी जल्दी कहाँ मरते हैं!

"सुन लिया, सुन लिया नहीं। मुस्तैदी से रहना," स्त्री ने कहा और अपना पर्स खोलकर उसमें से दो चरमराते नोट निकालकर पति के हाथ में देती हुई बोली, "रख लो, रख लो...जुआ भी तो खेलोगे," उसने हँसकर कहा और गाड़ी का इंजन चला दिया।

मोटरगाड़ी लौटने को हुई तो मेरी नज़र आस-पास के घरों की ओर गई। अनेक घरों की छतों पर मर्द बच्चों को बाँहों में लिये खड़े थे। एक आदमी बच्चे का नैपकिन बदल रहा था, एक और मर्द चिल्लाते हुए बच्चे को चाँटा दिखा रहा था।

हम फिर से बड़ी सड़क पर आ गए थे।

"क़ानून बन रहा है कि पुरुषों को केवल फ़ौज की नौकरी में रखा जाए।" महिला-ड्राइवर हँसकर बोली।

"कौन बना रहा है यह क़ानून?" मैंने भी हँसकर पूछा।

"स्त्रियाँ, और कौन?... स्त्रियों को अभी लोकसभा में एक-तिहाई सीटें मिली हैं। अब वे पचास प्रतिशत की माँग कर रही हैं। उनकी यह माँग पूरी हो गई तो पुरुषों को फ़ौज में भेज देंगी।" उसने कहा और ठठाकर हँस दी, "सभी को भेजो फ़ौज में!"

हम कुछ ही दूर गए थे कि शहर आ गया। हम दिल्ली में प्रवेश कर रहे थे। चारों ओर बन्दनवार, फानूस, झंडे, वाकपट। मैं आँखें फाड़-फाड़कर दिल्ली की झलकियाँ ले रहा था। मैं भी किसी ज़माने में दिल्ली की सड़कों पर घूमा करता था।

"आप बड़े अच्छे दिनों में आए हैं, सर! आज़ादी का शताब्दी-समारोह मनाया जा रहा है।"

इसमें सन्देह नहीं, क्योंकि ज्योंही मोटरगाड़ी शहर के निकट पहुँची थी, सारा वातावरण खिल उठा था।

"जगह-जगह कार्यक्रम हो रहे हैं, सर!" वह कह रही थी, "आज टैक्सी दिन-भर के लिए रख लीजिए। मुझे सब मालूम है, कहाँ क्या हो रहा है। मैं ले चलूँगी।"

यह तो टैक्सी-ड्राइवरों वाला ख़ास सुझाव था।

"क्या-क्या हो रहा है?"

"यह देश की राजधानी है, सर! जगह-जगह से मंडलियाँ प्रोग्राम करने आई हैं। पाँच जगह तो ब्यूटी कांटेस्ट हो रहे हैं—एक उत्तर भारत का, एक दक्षिण भारत का, एक पूर्व और एक पश्चिम का और एक इन सबमें से जो जीतेंगी, उनका अखिल भारतीय कांटेस्ट, पर वह तीन दिन बाद होगा। दिल्ली में चारों ओर सुन्दरियाँ ही सुन्दरियाँ घूम रही हैं।" वह चहककर बोली, "आपका अमेरिका लौटने को मन ही नहीं करेगा।"

"और क्या-क्या हो रहा है?"

"दस होटलों में फ़ैशन-शो हो रहे हैं, सर! इनमें से पाँच होटलों में तो विदेशी कम्पनियाँ फ़ैशन-शो करवा रही हैं। बहुत-सी मॉडल लड़कियाँ भी बाहर से आई हैं। दो कम्पनियाँ तो सिंगापुर से आई हैं।"

"और क्या?"

"एक बहुत बड़ा कैसीनो भी खोला जा रहा है।"

"क्या?" अचानक ही मेरे मुँह से निकला।

"जुआघर, सर! अन्तर्राष्ट्रीय स्तर का होगा। मांटी कार्लो की एक मशहूर फ़र्म खोल रही है। साथ में भारतीय फ़र्म की साझेदारी होगी। शिक्षा मंत्री उसका उद्घाटन करेंगे। आज ही शाम को।"

"भारत की कौन-सी कम्पनी के साथ मिलकर जुआघर (कैसीनो) खोला जाएगा?"

"बम्बई के दाऊद इब्राहीम के साथ, सर! और कौन इतना पैसा लगा सकता है? जुएघर का धन्धा भी तो उससे बेहतर कोई नहीं जानता।"

बातें करते हुए महिला-ड्राइवर स्वयं बड़ा प्रोत्साहित महसूस करने लगी थी।

"कैसीनो चलना चाहेंगे, सर? हम किसी छोटे कैसीनो में जा सकते हैं।" फिर धीरे से बोली, "डॉलर भुनाने हों तो मैं भुना दूँगी।"

"मेरे पास इतना समय कहाँ? मैं तो इंटरव्यू लेने आया हूँ।"

पर वह फुसफुसाकर कहे जा रही थी, ''आपको अच्छे पैसे दिलवा दूँगी। सरकारी रेट तो 105 रुपए डॉलर का है। मैं डेढ़ सौ दिलवा दूँगी।''

मैं फिर भी चुप रहा।

''अच्छा, दो सौ दे दूँगी...आजकल शताब्दी-समारोह चल रहा है। बहुत बड़ा पर्व है। आपकी मदद करने के लिए ऐसा कर रही हूँ।''

इस समय तक हमारी गाड़ी जनपथ तक पहुँच चुकी थी। यहाँ पर सचमुच मेले का-सा समाँ था।

एक जगह पर लम्बी लाइन देखी तो मैंने ठिठककर पूछा, ''यहाँ क्या चल रहा है?''

''आजकल रेस्तराँ दिन-भर भरे रहते हैं, सर! सुबह से ही भरने लगते हैं। अब हर रेस्तराँ में बार भी है, सर! बियर पियो, शराब पियो। समारोह के इन सात दिनों में सभी रेस्तराओं को छूट दी गई है।''

हम आगे बढ़ गए। एक बात देखकर मैं बड़ा प्रभावित हो रहा था। चारों ओर सड़कें साफ़-सुथरी थीं, कहीं कूड़ा-करकट नहीं था, न ही कोई जानवर, न भिखमंगे।

मैंने पूछा तो बोली, ''इन सात दिनों में, सर, सरकार ने कड़ा हुक्म दिया है कि कहीं कोई झगड़ा, दंगा, झड़प नहीं होनी चाहिए।...कहीं कोई भिखमंगा, अपाहिज़, लँगड़ा-लूला नज़र नहीं आना चाहिए। उन्हें पुलिस ने शहर से बाहर निकाल दिया है।...कोई जुलूस, प्रदर्शन, जलसा नहीं होगा।...सड़कों पर, गलियों में, कोई कुत्ता, सूअर, ज़िन्दा या मरा हुआ जानवर नहीं पाया जाएगा,'' कहते हुए वह सहसा हँस पड़ी। ''इन्होंने पहले आवारा कुत्तों को शहर के बाहर निकाला, सर! वह नज़ारा देखने लायक था। हज़ारों कुत्ते, बस्ती-बस्ती, गली-गली से बाहर निकाले जा रहे हैं। इसके बाद भिखमंगों और अपाहिज़ लोगों की बारी आई। वह भी देखनेवाला सीन था। चिथड़े ही चिथड़े, दूर-दूर तक चिथड़े ही चिथड़े। इसके बाद छाबड़ी लगानेवालों को...।''

''क्या छाबड़ी लगानेवालों को भी निकाल दिया?''

''विदेशों के लोग आ रहे हैं, सर! दस देशों के तो प्रधानमंत्री, राष्ट्रपति, बड़े-बड़े जरनैल आ रहे हैं। वे क्या सोचेंगे? कमेटीवाले तो खोमचेवालों को भी निकाल रहे थे, पर फिर हाथ रोक लिया। ठीक ही किया सर। हर कोई तो

रेस्तराँ में नहीं जा सकता। उन्हें पिछली गलियों में भेज दिया है। सड़कों पर आपको कोई खोमचेवाला नज़र नहीं आएगा।''

हम आगे बढ़े तो एक जगह पर एक और लम्बी लाइन देखी।

''यहाँ क्या है?'' मैंने पूछा।

महिला-ड्राइवर हँसकर बोली, ''यह सिनेमा हॉल है, सर! छोटा सिनेमा हॉल। यहाँ पर केवल ब्लू फ़िल्में दिखाई जाती हैं। यह दिन-रात खुला रहता है। ऐसे ही तीन-चार और भी हैं।''

''क्या?'' मैंने चिल्लाकर कहा।

''सर, पहले जब केबल टीवी पर ये फ़िल्में दिखाई जाने लगीं तो सरकार ने प्रतिबन्ध लगाने की बड़ी कोशिश की, पर रोक नहीं पाई। बाद में सरकार ने यही मुनासिब समझा कि इन पर से बन्दिश हटा ली जाए।''

मैं फिर भी अटपटा-सा महसूस कर रहा था। इस पर महिला-ड्राइवर मुझे आश्वस्त करने की चेष्टा करती हुई बोली, ''पर हमारी भारतीय फ़िल्मों में चुम्बन की इजाज़त अभी भी नहीं है, सर! आप चिन्ता न करें।''

इस पर मुझे पुराने दिन याद आने लगे। मैंने सहसा ही पूछ लिया, ''क्या साम्प्रदायिक दंगे अब भी होते हैं?''

''होते हैं सर, पर इन दिनों नहीं हो रहे।''

''शताब्दी-समारोह के कारण?''

''नहीं सर, शासक पार्टी के प्लान में इस बार दंगे शामिल नहीं हैं।''

थोड़ी देर बाद मैंने पूछा, ''और बाढ़, भूकम्प, दुर्भिक्ष?''

''आते हैं, सर, पर राहत का काम अब हमारी सरकार विदेशी कम्पनियों द्वारा करवाती है।''

''विदेशी कम्पनियाँ राहत का काम करती हैं?''

''हाँ, सर, यह हमारे लोगों के बस का नहीं है। वे अनुदान भी देती हैं और राहत का काम भी करती हैं।''

''और हम?''

''हम केवल उनके सामने हाथ फैलाते हैं, सर!'' कहते हुए वह हँस दी।

हम इस बीच जनपथ का इलाक़ा पीछे छोड़ आए थे। अब दोनों ओर ऊँची-ऊँची शानदार इमारतें थीं। गहमा-गहमी यहाँ भी बहुत थी। सहसा ही सड़क के किनारे मुझे भीड़-सी नज़र आई। आँख उठाकर देखा तो वे लोग

एक पाँच मंज़िला इमारत की ओर जा रहे थे। इमारत की ओर मेरी नज़र गई तो मैं भी चौंका। इमारत ऊपर से नीचे तक जली हुई थी। आग के कारण दीवारें काली पड़ी हुईं, अनगिनत खिड़कियाँ टूटी हुईं, जली हुईं।

इस बिल्डिंग को देखते हुए मुझे झट से याद आया, यह वही बिल्डिंग रही होगी जिसके जलने की ख़बर अमेरिका के अख़बारों में भी छपी थी।

"क्या यह वही बिल्डिंग है जिसमें मुक़दमों की फाइलें रखी थीं?"

"जी, वही है। पर आप तो विदेश से आए हैं, आपको कैसे पता चल गया?"

"इतनी सनसनीखेज़ ख़बर है, पता नहीं चलेगा? मैंने अमेरिका में अख़बार में पढ़ा था।"

"पूरे पाँच दिन तक आग बुझ नहीं पाई, सर!" फिर वह सहसा हँस पड़ी, "चलो जी, छुट्टी हुई। न होगा बाँस, न बजेगी बाँसुरी।"

"क्या मतलब?"

"सर, अदालत की एक कमीशन ने हिसाब लगाया था कि देश-भर में जितने पुराने मुक़दमे अदालतों में चल रहे हैं, उनसे निबटने में पूरे 350 साल दरकार होंगे। और इनमें नए मुक़दमे जुड़ते भी जाएँगे।"

महिला-ड्राइवर ठीक कह रही थी। मैंने यही अख़बारों में पढ़ा था।

"कुछ लोगों का ख़याल है कि सरकार ने ख़ुद आग लगवाई है, क्योंकि और कोई तरीक़ा इस समस्या से निपटने का नहीं था। सरकारें तो दूर का सोचती हैं न सर!"

"सरकार क्यों आग लगवाएगी?"

"फिर किसी स्कैमवाले ने या जो किसी घोटाले में फँसा होगा, उसने लगवाई होगी।"

"हाँ, यह हो सकता है।"

"पर एक समस्या से छुटकारा तो सरकार का हुआ न, सर? बल्कि सारे देश का हुआ।" और यह कहकर वह हँसने लगी।

हमारी गाड़ी फिर से आगे बढ़ने लगी। मैंने मन-ही-मन सोचा कि इस आग की घटना के बारे में 'विचारधारा अधिकारी' से पूछूँगा। देखूँ, वे क्या कहते हैं। मैंने घड़ी की ओर देखा। उनसे मिलने का वक़्त हो चला था।

"मुझे एक बात का बड़ा खेद है," मैंने महिला-ड्राइवर से कहा।

"किस बात का सर?"

"मेरा जहाज़ देर से उतरा और मैं लालक़िला वाला आयोजन नहीं देख पाया, जहाँ से हर साल प्रधानमंत्री राष्ट्र को सम्बोधित करते हैं।"

इस पर महिला छूटते ही बोली, "अब नहीं होता, सर! अब केवल टेलीविज़न पर प्रधानमंत्री भाषण देते हैं।"

"अरे! और लालक़िला?"

"वहाँ अब बहुत बड़ा होटल बन गया है—सात सितारा होटल। अन्तर्राष्ट्रीय होटल। एशिया का सबसे बड़ा होटल, सर! रात के वक़्त ऐसी जगमग होती है कि आपको क्या बताऊँ! रंगारंग किरणें फूटती हैं। एक अमेरिकी फ़र्म चला रही है।" कहते हुए सहसा ही उसे याद आया, "वहीं पर कैसीनो खुलेगा, सर, आज रात को ही उसका उद्घाटन होगा। वह ज़रूर देखिए। पहला दाँव शिक्षा-संस्कृति मंत्री लगाएँगे। शाम को वहाँ बड़ी रौनक़ होगी।"

"वहाँ हर कोई तो नहीं जा सकता होगा!"

"नहीं, हर कोई तो नहीं जा सकता, पर बाहर मैदान में और सड़क पर, सारी रस्में टेलीविज़न द्वारा दिखाई जाएँगी। जगह-जगह टेलीविज़न के पर्दे लगे होंगे। आप कहीं भी देख सकते हैं। आप ज़रूर देखिए।"

'विचारधारा अधिकारी' से मेरे इंटरव्यू का समय हो रहा था। महिला-ड्राइवर सरकारी दफ़्तरों के बारे में सब जानती थी, शीघ्र ही हम एक फाटक लाँघकर एक छोटे-से आँगन में आ गए थे, जहाँ पेड़-पौधे लगे थे और हमारी गाड़ी इकहरे-से बँगले की पोर्च में जाकर खड़ी हो गई, जो किसी ज़माने में किसी बड़े सरकारी अफ़सर का निवासस्थान रहा होगा।

'विचारधारा अधिकारी' सरकारी अफ़सर की भाँति ही मिले। बड़े औपचारिक ढंग से, जिसे माँड लगी औपचारिकता कहा जाता है। उनके चेहरे के भाव को देखते हुए मुझे चिन्तक अथवा विचारक का इतना भास नहीं हुआ, जितना अधिकारी का कसाव-भरा शिष्टाचार, चमचमाते सूट, चमचम करते सिर के बाल, होंठों पर हल्की-सी थिरकती मुस्कान। बाद में पता चला कि 'विचारधारा' विषय पर किसी सरकारी महकमे में ही प्रशिक्षण ले चुके हैं। 'विचारधारा' के स्नातक हैं।

मैंने औपचारिकता को तोड़ने की कोशिश करते हुए पत्रकार के-से अनौपचारिक अन्दाज़ में कहा, "यहाँ आते हुए रास्ते में वह भवन देखा,

साहब, जिसमें आग लगी थी। सरकार के लिए तो बहुत बड़ा संकट उठ खड़ा होगा। लाखों-लाख मुक़दमों की फ़ाइलें जलकर राख हो गईं..."

"संकट तो उठते ही रहते हैं। इन्क्वायरी चल रही है। इन्क्वायरी उसी दिन बैठा दी गई थी।"

"कब तक आप समझते हैं, उसकी रिपोर्ट आ जाएगी?"

"कुछ समय तो लगेगा। चार-पाँच साल तो लगेंगे।"

वह टकटकी बाँधे मेरी ओर देख रहे थे, मानो अपनी टकटकी द्वारा मेरी विचारधारा का जायज़ा लेना चाहते हों।

जब मैंने दूसरी बार भ्रष्टाचार और जीवन-मूल्य और सरकार की आदर्शवादी नीतियों का ज़िक्र किया तो वह तनिक आगे झुककर मेरी ओर देखते हुए बोले, "भ्रष्टाचार आप किसे कहते हैं?"

मैं चौंका, "क्या भ्रष्टाचार को भी परिभाषित करने की ज़रूरत होगी?"

फिर वह छूटते ही बोले, "आप लेखक तो नहीं हैं?"

"नहीं, साहब, मैं पत्रकार हूँ।"

"लेखक आमतौर पर आदर्शों की बात करते हैं—आदर्शों की, जीवन-मूल्यों की। मैंने सोचा, आपको भी शायद वही बीमारी है।"

"नहीं साहब, पर भ्रष्टाचार तो भ्रष्टाचार ही है।"

वह बड़प्पन की मुद्रा में आगे की ओर झुककर बोले, "युद्ध अच्छा होता है या बुरा?"

"युद्ध बुरा होता है। मानवीय मूल्यों की दृष्टि से बहुत बुरा। आज ही नहीं, प्राचीन काल से ही।"

"बुरा होता है तो पुराने ज़माने में युद्ध की महिमा क्यों गाई जाती थी? युद्ध करनेवाले को वीर योद्धा क्यों कहा जाता था— 'आज रण में जा के धूम मचा दे बेटा'?" अधिकारी ने किसी कविता की पंक्ति सुनाते हुए कहा, "ऐसी कविताएँ और गीत क्यों लिखे जाते थे?"

"वह तो इसलिए कि युद्ध में अपना साहस, अपना शौर्य दिखाने का सैनिक को अवसर मिलता था।"

"पर युद्ध था तो बुरा, इसे इतना महिमायुक्त क्यों बनाया जाता था?" फिर मेरी ओर पहले से भी ज़्यादा बड़प्पन के अन्दाज़ में बोले, "सती की प्रथा क्या अच्छी थी या बुरी?"

"बुरी थी, बहुत बुरी थी।"

"बुरी थी तो सती होनेवाली स्त्रियों की महिमा क्यों गाई जाती थी? उसे भी तो महिमामंडित किया जाता था!"

"आप तो साहब, पुराने ज़माने की बातें ले बैठे हैं।" मैंने कहा।

"औरत का पर्दा करना अच्छा है या बुरा?"

"बुरा है।"

इस पर वह मुस्कुराया। बड़प्पन-भरी मुस्कान।

"कवियों ने पर्दे की महिमा भी गाई है। उर्दू भाषा जानते हो?"

मैं उनके चेहरे की ओर देख रहा था, अधिकारी कहना क्या चाहता है?

"एक उर्दू कवि ने पर्दे की महिमा गाई है," और वह किसी उर्दू कविता की पंक्तियाँ सुनाने लगे :

"ये हुस्न की शहज़ादियाँ
पर्दे की हैं आबादियाँ
चश्म-ए-फलक ने आज तक
देखी नहीं उनकी झलक
कब सामने आती है वह
ग़ैरत से कट जाती है वह।"

फिर बड़प्पन के से अन्दाज़ में बोले, "अब कहिए!... भ्रष्टाचार भी इसी कोटि में आता है। कुछ भी अच्छा या बुरा नहीं होता। ये आदर्शवादी लोग ही अच्छे और बुरे की भी मीन-मेख करते रहते हैं। भ्रष्टाचार इन पाखंडियों द्वारा गढ़ा हुआ शब्द है। जिसे ये लोग रिश्वत कहते हैं, वास्तव में दस्तूरी होती है।"

मैं सुन रहा था और उसके चेहरे की ओर देखे जा रहा था।

"रास्ते में तुमने जगह-जगह इश्तहार देखे होंगे। इश्तहार में अधनंगी-नंगी औरतें..."

मैं सुन रहा था। मैंने ब्लू फ़िल्म दिखानेवाले सिनेमा हॉल के बाहर लम्बी लाइन भी देखी थी। और मुझे हैरानी हुई थी।

"यह अच्छा है या बुरा?"

मैं क्या कहता, स्त्री को निर्वसन करने की कोशिश तो बहुत दिन पहले से चल रही थी।

इस पर वह बड़े जोश से बोले, "एक द्रौपदी को निर्वसन किया तो महाभारत छिड़ गया। अब महाभारत तो नहीं छिड़ता?"

"स्त्री की ग़ैरत... ?"

"ग़ैरत क्या होती है?... तुम ग़ैरत की बात करते हो, स्त्री अपनी आज़ादी की बात करती है।" कहते हुए उन्होंने अपनी कलाई-घड़ी की ओर देखा।

"यहाँ सब पिछले भटकाव दूर हो चुके हैं। बुहारकर फेंक दिये गए हैं...। हर बात को उसकी उपयोगिता के आधार पर देखा-परखा जाता है। नैतिक-वैतिक कुछ नहीं होता। सबसे बड़ा मूल्य पैसा है, धन है। इन पुरानी बातों को भूल जाओ—नैतिक-मूल्य, मानवीय-मूल्य, शाश्वत-मूल्य..."

उन्होंने ऐसा मुँह बनाया मानो इन शब्दों को दोहराते हुए उन्हें मतली आ जाएगी।

"क्या हम सारा वक़्त यहाँ अच्छे और बुरे की तमीज़ करते फिरें? हमें और कोई काम नहीं है क्या?" कहते हुए उन्होंने न सिर्फ़ कलाई-घड़ी की ओर देखा, वह अपनी कुर्सी पर से उठ भी खड़े हुए।

मैं उद्विग्न-सा महसूस करता हुआ बाहर आ गया। कुछ भी कहो, अपने-अपने संस्कार होते हैं। लम्बे अर्से तक अमेरिका में रहने के बावजूद मैं अपने संस्कारों से अपना पिंड नहीं छुड़ा पाया था।

दिन ढल रहा था। इस मुलाक़ात के बाद, न जाने क्यों, मेरी उत्कट इच्छा गांधी जी के राजघाट पर जाने की हुई। अमेरिका से चला था, तब भी यह निश्चय करके चला था कि एक तो लालक़िले की प्राचीर से होनेवाले प्रधानमंत्री के भाषण को सुनूँगा और दूसरे, राजघाट पर जाऊँगा। बचपन में मेरे पिता हमें दोनों स्थानों पर नियमित रूप से ले जाया करते थे।

पर जब गाड़ी में बैठकर महिला-ड्राइवर से राजघाट की चर्चा की तो उसने हैरानी से मेरी ओर देखा, "वहाँ क्या देखोगे, सर? वहाँ तो बस एक चबूतरा ही चबूतरा है।"

"मुझे चबूतरा ही देखना है।"

उसने सिर झटका और गाड़ी चला दी। रास्ते में एक जगह रुककर मैंने फूल भी ले लिये जिसे देखकर वह मुस्कुराती रही।

अँधेरा उतर रहा था, जब हम राजघाट पहुँचे। मैं तनिक चौंका। यहाँ पहले वाले राजघाट की बात नहीं थी। कुछ रास्ता पहले ही सड़क ऊबड़-खाबड़ हो रही थी। गाड़ी गड्ढों पर से हिचकोले खाती आगे बढ़ रही थी।

प्रवेश पथ पर अन्धी मेहराब तो थी, पर ऊँची दीवार खस्ता हो रही थी। जगह–जगह से ईंटें टूट–टूटकर गिर रही थीं।

मैं अन्दर गया। महिला–ड्राइवर ने ठीक ही कहा था, यहाँ झाड़–झंखाड़ के अलावा कुछ नहीं था। चबूतरा भी झाड़ियों के नीचे जैसे दबा हुआ था। सायंकाल के बढ़ते अँधेरे में खँडहर–सा लग रहा था। झाड़ियों से अटे चबूतरे के पास खड़ा होते हुए मुझे डर भी लग रहा था कि कहीं कोई बिच्छू या साँप काट न खाए! चबूतरे से थोड़ी दूरी पर चार–पाँच बेघर–से लोग बैठे गाँजे के कश लगा रहे थे—मुझे ऐसा ही जान पड़ा।

मेरे हाथ में फूलों का गुलदस्ता था। मैं बड़ा अटपटा महसूस कर रहा था। समझ नहीं पा रहा था कि इन्हें कहाँ पर रखूँ। कुछ देर तक संकोचवश खड़ा रहने के बाद मैंने वे फूल चबूतरे पर छितरी एक झाड़ी पर रख दिये और चुपचाप मुड़कर बाहर की ओर जाने लगा।

महिला–ड्राइवर हँस दी। मेरे दिल को ठेस लगी। पर मैं चुप रहा। चौहद्दी के बाहर पहुँचे तो वह महिला–ड्राइवर बोली, ''यहाँ नज़दीक ही एक गांधी–निधि भी है जी। क्या आप देखना चाहेंगे?''

हम गाड़ी में बैठे। शीघ्र ही महिला–ड्राइवर ने एक मोड़ काटा और हम एक छोटी सड़क पर आ गए। थोड़ी दूर ही गए होंगे कि महिला बोली, ''वह देखिए!''

''क्या है?''

''उस तरफ़ देखिए। उधर लालक़िला है। आसमान लाल हो रहा है। है न? वहाँ रोशनी अभी से कर दी गई है।''

मुझे याद आया। वहाँ कैसीनो का उद्घाटन होनेवाला था।

''वहाँ बड़ी गहमागहमी–सी होगी सर!'' महिला–ड्राइवर ने बड़ी उत्सुकता से कहा।

छोटी सड़क पर अँधेरा था, पर आसमान में फैली लाली के कारण बहुत–कुछ दिखाई दे रहा था। कुछ ही देर बाद एक बँगलानुमा इमारत के सामने गाड़ी रुक गई। बाहर एक बदरंग–सा बोर्ड लगा था—गांधी–निधि।

बँगले का फाटक खुला था। मैं धीरे–धीरे चलता हुआ छोटा–सा आँगन पार करने लगा। तभी मुझे लगा, जैसे कहीं से हल्का गाने की आवाज़ आ रही है। आँगन पार करके, मैं लम्बे बरामदे में आ गया, जिसके पार मुझे

लगा, जैसे कोई हॉल-कमरा है। बरामदे में हॉल के अनेक दरवाज़े खुलते थे। मैं एक दरवाज़े के बाहर झाँक-झाँककर अन्दर देखने लगा।

हॉल में एक ही मन्द रोशनीवाला बल्ब जल रहा था, जिस कारण केवल टिमटिमाते दीये का-सा भास होता था। पर यहाँ गाने की आवाज़ अधिक स्पष्ट थी।

मैंने देखा, कुछ स्त्रियाँ, जो मुझे वयोवृद्ध स्त्रियाँ ही लगीं, मुँह-सिर लपेटे हॉल के एक ओर बैठी धीमी आवाज़ में गाए जा रही थीं :

रघपुति राघव राजा राम
पतित पावन सीता राम।

मैं इस धुन से परिचित था। मैंने इसे सैकड़ों लोगों को एक साथ गाते हुए सुना था। नीम-अँधेरे में धीमी कोमल आवाज़ में उसे सुनते हुए मेरे अन्दर बेचैनी-सी महसूस हुई। पीछे दीवार पर गांधीजी का ऊर्ध्वकाय चित्र टँगा था।

कुछ देर बाद मैं चुपचाप वहाँ से लौट पड़ा।

गांधी-निधि वाली सड़क से निकलकर हम बड़ी सड़क पर आए ही थे कि जैसे समाँ बदल गया। सड़क पर भीड़ थी और सभी उस दिशा में बढ़ रहे थे जहाँ आकाश में लाली फैली थी। राजघाट और गांधी-निधि के अनुभव के बाद लाल सितारा की छटा देखने के लिए मन में बहुत उत्साह नहीं रह गया था।

आगे बढ़े तो देखा कि हर सड़क पर लोग ज़ौक-दर-ज़ौक उसी दिशा में बढ़े जा रहे हैं। ऐसा उन दिनों प्रातः के समय हुआ करता था जब प्रधानमंत्री लालक़िले की प्राचीर से भाषण दिया करते थे।

अब सड़कों की सजावट फिर से देखने को मिल रही थी। बन्दनवार, फूलपत्तों से लदे फाटक, यहाँ सजावट और भी ज़्यादा भड़कीली थी। रंग-बिरंगे कुमकुमे, ग़ुब्बारे, फ़ानूस, झंडियाँ। और पार्श्व में पाश्चात्य संगीत की धुनों से वातावरण गूँजने लगा था।

हमारे लिए लालक़िले तक पहुँचना नामुमकिन हो गया। एक जगह मोटर खड़ी करके हम भीड़ में शामिल हो गए।

सहसा बहुत-से साज़ बज उठे। सड़कों के किनारे जगह-जगह टेलीविज़न के बड़े-बड़े पर्दों पर कैसीनो-उद्घाटन की रस्म का शुभारम्भ हुआ।

शिक्षा मंत्री प्रकट हुए। धोती-कुर्ता में थे। कुर्ते पर सुनहरी डोरी से सजी लाल रंग की कामदार वास्कट पहने हुए थे और सिर पर एक ऊँची लाल रंग की तिकोनी टोपी लगा रखी थी, जिसे देखते ही सड़क पर खड़े लोग हँसने लगे थे। क्योंकि ऐसी टोपी अक्सर सरकस के जोकर पहनते हैं। उस पर फुनगी की जगह घंटी बँधी थी। लगता है, इस अवसर को मनोरंजक बनाने के लिए जुआघर वालों ने ही उनके सिर पर यह टोपी रख दी थी।

शिक्षा मंत्री के साथ ही साथ अमेरिकी राजदूत, जो काले रंग का सूट पहने हुए थे, ने प्रवेश किया। शिक्षा मंत्री के दाएँ हाथ दाऊद इब्राहीम खड़े थे। उन्होंने सिर पर सलमे-सितारे की गोल टोपी पहन रखी थी, जिसमें सितारे ख़ूब चमक रहे थे। वह मलमल का लम्बा कुर्ता और नीचे चूड़ीदार पाजामा पहने हुए थे। उन्होंने काले रंग की कामदार वास्कट पहन रखी थी और मुँह में पान का बीड़ा था।

तीन सजी-धजी सुन्दरियों ने आगे बढ़कर गण्यमान्य व्यक्तियों को फूलमालाएँ पहनाईं। फिर तीनों एक ओर को बढ़ गए, जहाँ लक्ष्मी की मूर्ति रखी थी। वहाँ धूप जलाने के बाद लक्ष्मी-पूजन हुआ। दीप जलाए गए। फिर निकट ही खड़े एक व्यक्ति ने, जो पुजारी वेश में थे, शंख बजाया। लक्ष्मी-पूजन के समय, शिक्षा मंत्री का अनुसरण करते हुए अमेरिकी राजदूत और दाऊद इब्राहीम भी लक्ष्मी की प्रतिमा के सामने हाथ बाँधे खड़े रहे, जिसे देखते हुए सड़कों पर खड़ी भीड़ गद्गद हो उठी।

लक्ष्मी-पूजन के बाद तीनों गण्यमान्य व्यक्ति चलते हुए कैसीनो की लम्बी टेबल के पास आ गए। दाऊद इब्राहीम ने आगे बढ़कर मंत्री महोदय के हाथ में कुछ पैसे दिये। और उसी समय जुए का चक्का घुमाया। मंत्री महोदय ने आगे बढ़कर लम्बी टेबल पर 7 नम्बर के खाने में अपने पैसे रख दिये, अमेरिकी राजदूत ने 3 नम्बर पर, दाऊद इब्राहीम ने 2 नम्बर पर। चक्का घूमने लगा। घूमता रहा, घूमता रहा, सड़कों पर खड़े लोग दम साधे पहले दाँव का नतीजा देखने के लिए बेताब हो रहे थे। धीरे-धीरे चक्के की रफ़्तार धीमी पड़ने लगी। और जब चक्का घूमना बन्द हुआ तो सुई 7 नम्बर पर खड़ी थी।

चारों ओर तालियों की गड़गड़ाहट से वातावरण गूँज उठा। पर्दे पर भी सभी लोग तालियाँ बजा रहे थे। अमेरिकी राजदूत ने आगे बढ़कर मंत्री

महोदय के साथ मुबारकबादी हाथ मिलाया। दाऊद इब्राहीम ने मंत्री महोदय को बाँहों में भर लिया और उनके गाल चूम लिये। सड़कों पर खड़े लोग ठठाकर हँसने लगे।

चक्का चलानेवाला एक तश्तरी में जीत के पैसे लेकर मंत्री महोदय के सामने आया। मंत्री महोदय मुस्कुराए, तश्तरी पर से जीत के पैसे उठाए, और पहले अमेरिकी राजदूत और फिर दाऊद इब्राहीम के सिर पर से वार कर, कुछ-कुछ दानवीर राजा ययाति की भाँति जुए की टेबल पर सिक्कों का प्रवाह कर दिया।

सड़कों पर खड़े लोग इस पर भी गद्‌गद हो उठे।

उसी समय बैंड बाजे बज उठे। वायुमंडल में स्वर-लहरियाँ गूँजने लगीं। लालक़िले की प्राचीर पर, एक सिरे से दूसरे सिरे तक रंगारंग के लाखों-लाख कुमकुमे जल उठे, आसमान में रोशनी की रंग-रंग की किरणें फेंकी जाने लगीं और तभी आकाश में, लालक़िले के ऐन ऊपर, बड़े-बड़े रंग-बिरंगे अक्षरों में लिखा हुआ आ गया—'मेरा भारत महान'।

वातावरण तालियों की गड़गड़ाहट से गूँज उठा। तालियाँ थमने में ही नहीं आती थीं। लोगों की भीड़ मंत्रमुग्ध-सी खड़ी इस भव्य दृश्य को निहार रही थी।

[*आज का मीडिया*]

बुढ़ऊ की डायरी-1

जब से 80वाँ वर्ष पार किया है, चारों ओर बूढ़े ही बूढ़े नजर आने लगे हैं। हर घर के चबूतरे पर कोई न कोई बूढ़ा, छत की मुँडेर के पीछे खड़ा बूढ़ा, दुकान के बाहर कुर्सी बिछाए बैठा बूढ़ा, छज्जे-बालकनी पर बैठा कोई न कोई बूढ़ा। मुझे मालूम नहीं था कि मेरे आस-पास इतने ज्यादा बूढ़े लोग रहते हैं, और उनकी आबादी इतनी जल्दी बढ़ जाएगी। कोई धूप में बैठा ऊँघ रहा है, तो कोई अख़बार में आँखें गाड़े है, और कोई अधखुली आँखों से सड़क की ओर मुँह किए मानो शून्य में ताके जा रहा है। मैंने यह भी देखा है कि उनके पास से गुजरो तो मुझे देखकर उनकी आँखों में अब एक चमक-सी भी आने लगी है—पहचान की चमक, कि अपनी ही बिरादरी का आदमी चला जा रहा है।

शुरू-शुरू में तो बड़ी कोफ्त हुई कि किस्मत कहाँ ले आई, पर जब यह याद आया कि मेरा अमुक मित्र पैंतालीस साल की उम्र में चला गया, और मेरा बड़ा भाई भरी जवानी में दम तोड़ गया, और मेरी बहनें और मेरी भावज, जो खिले फूलों जैसी थीं, देखते-देखते मुरझा गईं, तो जिस लम्बी उम्र को मैं इतना वांछनीय समझता आया था, उसमें स्वयं प्रवेश करने पर कोफ़्त किस बात की?

सुबह-सवेरे पार्क में जाओ तो वहाँ भी बूढ़े ही बूढ़े। टेढ़े-मेढ़े अंगों के साथ व्यायाम करते हुए, पार्क के चक्कर लगाते हैं, डेढ़ कदम की चाल, कभी एक पाँव लड़खड़ाता है तो कभी दूसरा, तरह-तरह की आवाज़ें निकालते हैं, लम्बी-लम्बी साँस खींचते हैं। सब इसलिए कि खाट के साथ न जुड़ना

पड़े। जैसे भी हो, यह शरीर चलता रहे। इसे बैठ नहीं जाने दो, एक बार बैठ गया तो न जाने फिर उठ पाएगा या नहीं उठ पाएगा। सारी दुनिया सिमटकर इस शरीर पर आ गई है।

पार्क से लौटो तो कई बार श्रीमती मेहता घर के बाहर खड़ी होती हैं, हर राह जाती परिचिता स्त्री को बुलाती हुई—आओ न, दो घड़ी मेरे साथ बैठो। आओ न, बातें करेंगी।

मेरी माँ बुढ़ापे में चल-फिर नहीं सकती थीं। उनका आग्रह रहता कि बाहर खुलनेवाला दरवाज़ा सदा खुला रहे, और वह शाम के साये उतरने तक, उस खुले दरवाजे में, सड़क की ओर मुँह किए बैठी रहती थीं।

मेहताजी छियासी के हैं। परसों घर से डबल-रोटी लाने के लिए निकले, और लौटकर नहीं आए। देर तक इन्तज़ार करते रहने के बाद श्रीमती मेहता ने उन्हें ढूँढ़ने के लिए आदमी दौड़ाए। बहुत देर बाद वह बस-स्टॉप पर बैठे मिले। चुपचाप बैठे थे, शान्त-चित्त। पूछा तो कहने लगे : अम्बाला से आनेवाली गाड़ी क्या आ गई है?

लाला बनारसी दास छत की मुँडेर के पीछे खड़ा अपने बेटे का इन्तज़ार करता रहता है। बेटा अपने माँ-बाप को घर की ऊपरवाली बरसाती में छोड़ गया है, यह कहकर कि अब उनकी देख-रेख उसका छोटा भाई करेगा। पर उसके बाद न छोटे भाई ने सूरत दिखाई है, न बड़े भाई ने। दोनों माँ-बाप बरसाती में टँगे हुए हैं। लाला बनारसीदास मुँडेर के पीछे खड़े सड़क पर आँखें लगाए रहते हैं कि दोनों में से किस बेटे की मोटरकार घर के सामने आकर रुकेगी और बेटा भागता हुआ सीढ़ियाँ चढ़कर ऊपर आएगा। दो दिन में एक ही बार लाला बनारसीदास नीचे उतरते हैं, वह भी सिगरेट लेने और घंटा-भर पेरिस वाले की दुकान के बाहर रखी लोहे की कुर्सी पर बैठने के लिए।

आज उन्हें लोहे की कुर्सी पर बैठे शून्य में ताकते देखा तो रामनाथ की बुढ़िया माँ याद हो आई। रामनाथ की बुढ़िया माँ घर की ड्योढ़ी में बिछी खाट पर पड़ी रहती थी, जब रामनाथ दूसरा ब्याह करके अपनी नई बहू को घर लाया था, बुढ़िया खाट पर चिल्लाती रहती, 'वे रामनाथा! वे रामनाथा।' और रामनाथ और उसकी पत्नी, आँगन में खुलनेवाला दरवाज़ा अन्दर से बन्द करके, अपने कमरे में पड़े रहते।

जब से बुढ़ापे की परिधि में प्रवेश किया है, अनिश्चय के वातावरण में से निकलकर अवस्था की निश्चित हदबन्दी में आ गया हूँ। पहले इस ओर कभी ध्यान नहीं गया था, पर अब तो उँगलियों पर गिनकर हिसाब लगाने लगा हूँ कि कितने साल का खेल-तमाशा शेष रह गया है। दूसरा किनारा जो पहले अनिश्चय की धुन्ध में खोया रहता था, अब कुछ-कुछ साफ़ नज़र आने लगा है। यह ग़नीमत है कि अभी भी बिलकुल साफ़ नज़र नहीं आता, किसी झीने-से पर्दे के पीछे अभी भी खोया रहता है, पर है वहाँ ज़रूर, इसका निश्चय हो गया है।

कुछ ही साल पहले अपना अतीत बहुत याद आया करता था। मुड़-मुड़कर पीछे नज़र जाती थी—क्या खोया, क्या पाया! हर याद उद्वेलित करती थी। चेहरे सारा वक़्त आँखों के सामने घूमते रहते थे, कभी अपनी भूलें याद आतीं, कभी आह्लाद के क्षण। पर अब पुराने रिश्ते निःसंग होते जा रहे हैं, अतीत धीरे-धीरे अप्रासंगिक होता जा रहा है। अपनी विफलताएँ रही हों या उपलब्धियाँ, सबका महत्त्व गौण होता जा रहा है। न उपलब्धियों की याद प्रफुल्लित करती है, न विफलताओं की परेशान करती है। अतीत पर से नज़र हटने लगी है। अतीत के सरोकार भी अपना महत्त्व खोने लगे हैं।

पर जब से अतीत पर से नज़र हटने लगी है, मुझे लगने लगा है, जैसे मैं किसी लम्बे सफ़र पर निकलनेवाला हूँ और जाने से पहले मुझे अपना सामान समेट लेना चाहिए, उसे ठिकाने लगा देना चाहिए, ताकि मेरे पीछे किसी को परेशानी न हो। इसी विचार से उस दिन अपना सामान समेटने बैठ गया। पुरानी चिट्ठियों का पुलिन्दा सामने था, सोचा, इसी से शुरू करूँ, इनकी छाँटी कर दूँ। पर मेरे मन की अजीब कैफ़ियत हुई। पुलिन्दा खोला, दो घंटे तक बैठा रहा और केवल एक चिट्ठी फाड़ पाया। अन्त में घबराकर उठ खड़ा हुआ। यह तो मेरे बस का ही नहीं है। यों मन बार-बार कहता था, कुछ भी रखने योग्य नहीं है, सब फेंक देने लायक हैं, आँखें बन्द करके फेंक दो। पर मैं था कि एक-एक करके चिट्ठियाँ पढ़ता जाता था और उनमें खोता जाता था। एक भी चिट्ठी फाड़ पाने का साहस नहीं जुटा पाया। सभी के साथ दिल के तार बँधे हुए थे। यह जानते हुए भी कि मेरे आँखें बन्द करने की देर है कि सब कूड़ा बन जाएगा और उस कूड़े का बोझ अपने सगे-सम्बन्धियों पर क्यों डालूँ? पर हाथ थे कि उठते ही नहीं थे। जीवन से जुड़े

काम तो हम बड़ी मुस्तैदी से कर लेते हैं, पर मृत्यु के परिप्रेक्ष्य में किए जानेवाले कामों के लिए हाथ फूलने लगते हैं।

मुझे मौत से डर नहीं लगता, बुढ़ापे से भी डर नहीं लगता, अगर डर लगता है तो उस अँधेरी खोह से जिसमें एक बूढ़ा व्यक्ति, दुनिया छोड़ने से पहले जा पहुँचता है। अपने अवचेतन में हर बूढ़ा व्यक्ति इस खोह से दूर रहना चाहता है, जैसे भी हो, उसमें पड़ना नहीं चाहता। क्योंकि खोह में पड़ने का मतलब है—न पीछे से नाता, न आगे की ख़बर। दीन-दुनिया से भी कट जाओ और आगे अँधेरा ही अँधेरा। मैं भी इस खोह से बचना चाहता हूँ। इसीलिए जैसे भी हो, चलती-फिरती दुनिया से जुड़े रहना चहता हूँ। अँधेरी खोह में पहुँच जाने का मतलब है कि दुनिया में से बुहारकर बाहर फेंक दिया जाना। निपट अकेला और असंगत हो जाना। मैं जीते-जी असंगत होना नहीं चाहता, न ही असंगत होकर मरना चाहता हूँ। हालाँकि मैं जानता हूँ कि मैं बरबस जीवन से कटता जा रहा हूँ।

और जुड़े रहने के लिए मैं अनेक इच्छाएँ दिल में सँजोए हुए हूँ। उनमें से एक यह भी है कि मैं इक्कीसवीं शताब्दी का आगमन देख पाऊँ। मतलब कि इक्कीसवीं शताब्दी के पदार्पण तक ज़िन्दा रह सकूँ। इस आशा की ओर से भी मैंने अपनी जिजीविषा को बाँध रखा है। क्या मालूम, यह लालसा ही मुझे यह शताब्दी पार करा दे, जैसे गाय की पूँछ पकड़कर वैतरणी पार कर ली जाती है! इस तरह भी मैं अपनी ज़िन्दगी की डोरी खींचता चला जा रहा हूँ।

उस दिन किसी कार्यसमिति की बैठक में एक सदस्य ने कार्यकारिणी के लिए मेरे नाम का प्रस्ताव रखा। अगर मैं चुना जाऊँ तो अगले पाँच साल तक कार्यकारिणी का सदस्य बना रहूँगा। मैं वहाँ मौजूद था। मैं चुप बैठा रहा। मैंने अपना नाम वापस नहीं लिया। मेरे मन में यही तर्क था कि क्या मालूम, इसी बहाने पाँच साल और जी पाऊँ!

अजीब स्थिति है। मैं दुनिया से कूच भी कर जाना चाहता हूँ, और दुनिया में बने भी रहना चाहता हूँ। बना भी रहूँगा तो कितने दिन? जवानी के दिनों में 'अनिवार्य' नाम की अवधारणा से चिढ़ हुआ करती थी। लगता था, कुछ भी अनिवार्य नहीं होता। सब पर इनसान का बस चलता है। पर अब 'अनिवार्य' शब्द हथौड़े की तरह ज़ेहन को पीटता रहता है। अनिवार्य वह है,

जिसे कोई रोक नहीं सकता—रोग अनिवार्य, विछोड़ा अनिवार्य, मृत्यु अनिवार्य और मृत्यु से पहले वीरानियों में भटकना अनिवार्य। बड़ा भयावह शब्द है यह 'अनिवार्य'। इससे तो जवानी के दिनों की अनिश्चितता कहीं बेहतर थी। इनसान को अनिश्चितता से डर नहीं लगता, उसे अनिर्वायता से डर लगता है। किसी रोगी को मालूम न हो कि वह स्वस्थ हो पाएगा या नहीं, तो उसकी आशा बनी रहती है कि एक दिन तन्दुरुस्त हो जाएगा। आशा उसे त्रस्त होने से बचाए रखती है, भले ही उसका मन अनिश्चय में डोलता रहे। पर जब उसे कह दिया जाए कि उसका रोग असाध्य है, तो वह उसी क्षण अधमरा हो जाता है। अनिश्चितता के बल पर ही तो जंग में जानेवाले सैनिक का मनोबल बना रहता है। जवानी के दिनों में जिस अनिश्चितता की खिल्ली उड़ाया करता था, ज़िन्दगी के ढलते चरण में एक वरदान जान पड़ती है। अनिश्चितता के तिनके के सहारे ही अन्त तक जीते रहना चाहता हूँ।

कुछ भी कहो, अब ज़िन्दगी में किसी नई चेष्टा के लिए गुंजाइश नहीं रह गई है। जवानी के दिनों में भविष्य की योजनाएँ बनाना स्वाभाविक लगा करता था। पर मेरे लिए भविष्य की परिधि इतनी सीमित हो गई है कि उसमें किसी नई चेष्टा के लिए जगह ही नहीं रह गई है। जब कभी किसी नई योजना की चर्चा होती है तो मन-ही-मन मैं ज़िन्दगी के बचे-खुचे सालों का हिसाब लगाने लगता हूँ। भविष्य को लेकर कोई योजना बनाना ही मुझे अटपटा और निरर्थक लगने लगा है।

न मैं अतीत का रहा, न भविष्य का। इसी को बुढ़ापा कहते हैं, और क्या!

सच पूछें तो कभी-कभी मुझे ज़िन्दगी से डर लगने लगता है। जवानी के दिनों में किसी न किसी काम में उलझा रहा। अब सोचता हूँ कि उलझा नहीं रहता तो सारा वक़्त ज़िन्दगी मुँह फाड़े मेरे सामने खड़ी रहती। मैं उलझा रहा ताकि ज़िन्दगी के सूनेपन से साक्षात् नहीं करना पड़े। उन दिनों ये उलझाव बड़े आवश्यक लगा करते थे। मैं समझता था, मैं सच्चे अर्थों में जी रहा हूँ। पर अब कभी-कभी लगता है कि वे मात्र अवलम्ब थे, मन-भुलावा थे, ज़िन्दगी बिता पाने के साधन मात्र थे। उन चेष्टाओं की तह में एक तरह का पलायन ही था। यों भी देखा जाए तो मेरे जीवन-भर का कार्यकलाप काल और विस्मृति के गहरे गर्त में पहुँच जाएगा।

शून्य वास्तव में क्या है, इसकी कुछ-कुछ झलक इस उम्र में पहुँचकर मिलने लगी है। हम आस-पास की चहल-पहल के इतने अभ्यस्त हो चुके होते हैं कि शून्य का भास पाना लगभग असम्भव हो जाता है। अतीत की परिकल्पना में भी बहुत-कुछ ऐसा है जो इस शून्य को ढँके रहता है, इसे आँखों से ओझल किए रहता है इतिहास। भव्य इमारतों के खँडहर, कलाकृतियों के भग्नावशेष, स्मृतियों का भंडार, इस सबसे अतीत भी भरा-भरा लगता है। पर ये सब महाशून्य में बिखरी खप्पचियों के समान हैं। ऐसे ही महाशून्य का भास कभी-कभी मन को कचोटने लगा है।

मेरा बुढ़ापा भी विडम्बनाओं और अन्तर्विरोधों से भरा हुआ है। मेरी स्थिति की सबसे बड़ी विडम्बना यही है कि जहाँ एक ओर जीवन से डर लगता है, वही दूसरी ओर आसपास की दुनिया पहले से कहीं ज़्यादा मनमोहक नज़र आने लगी है। हँसते-चहकते बच्चों के चेहरे, दमकते हुए, कहीं ज़्यादा आकर्षक लगने लगे हैं। स्त्रियाँ ज़्यादा सुन्दर, ज़्यादा कमनीय लगने लगी हैं। फूल-पौधे ज्यादा निखरे-निखरे और आसपास की चहल-पहल से मेले का-सा भास होने लगा है। शायद कुछ इसलिए भी कि अब उन्हें निर्लिप्त भाव से देख पाता हूँ, या शायद इसलिए कि अब उन्हें ज्यादा दिन तक देख नहीं पाऊँगा। इसीलिए आँखें फाड़-फाड़कर ज़िन्दगी के हर सुन्दर, जीवन्त पहलू को देखते रहना चाहता हूँ।

कुछ दिन पहले चोपड़ा साहब के बारे में सुना कि फिर से टाँग तोड़ बैठे हैं। अँधेरे में पार्क की ओर चल पड़े थे कि रास्ते में किसी गड्ढे में पैर पड़ गया। केवल मोच ही नहीं आई, हड्डी में भी क्रैक पड़ गया। दस दिन से खाट पर पड़े हैं। हर आए-दिन कुछ-न-कुछ कर बैठते हैं। जेब में हर वक़्त दो-तीन दवाइयाँ रखे रहते हैं। अगर महसूस हो कि रक्तचाप बढ़ गया है तो, जहाँ पर भी हों, जेब में हाथ डालकर ब्लड प्रेशर की गोली निकाल लेते हैं। एक बार तो पार्क में टहलते-टहलते एक जगह पर रुक गए और सड़क के किनारे सीधा लेट गए। जेब में से दिल के दौरे से सम्बन्धित गोली निकाली और हलक़ के नीचे उतार दी। उम्र में मुझसे भी बड़े हैं पर आए-दिन कोई न कोई 'खरमस्ती' कर बैठते हैं। यह 'खरमस्ती' भी उन्हीं के मुँह से सुना हुआ शब्द है। कभी किसी शाम दोस्तों के साथ बैठे ज़्यादा पी जाते हैं, कभी ज़्यादा खा जाते हैं, पर घूमने ठीक सुबह पाँच बजे घर से निकल जाते हैं।

वक़्त के इतने पाबन्द कि एक क्षण के लिए भी अपनी दिनचर्या से इधर से उधर नहीं होते। नब्बे के हो चले हैं पर कहते हैं, मैं बानबे का हूँ। सफ़ेद झूठ। या तो बच्चे अपनी उम्र बढ़ाकर बताते हैं या फिर अस्सी पार करने के बाद बूढ़े लोग।

मैं दोपहर को उनसे मिलने चला गया। मैं उनके कमरे में गया तो गली में खुलनेवाली खिड़की के निकट खाट पर बैठे थे। आँखें गली पर लगी थीं। चोपड़ा ने मुझे नहीं देखा। पर मैंने पाया कि वह बार-बार उचक-उचककर बाहर की ओर देख रहे हैं। मैं चुपचाप उनके पीछे जा खड़ा हुआ।

चोपड़ा साहब के घर के निकट ही लड़कियों का कॉलेज है। सड़क के अलावा उनके घर की पिछली गली से भी कॉलेज को रास्ता जाता है। मैं तो बीमार-पुर्सी के लिए गया था, चोपड़ा तो उचक उचककर कॉलेज से लौटती लड़कियों को देख रहा है। लड़कियों की टोलियाँ चहकती-बतियाती चली जा रही थीं।

कुछ देर तक मैं देखता रहा, फिर पीछे खड़े-खड़े खँखारा। चोपड़ा ने मुड़कर देखा, और मुझे देखते ही चहककर बोला :

''ख़ूबसूरत लड़कियों को देखना हो तो मार्च-अप्रैल के महीने में। फूलों पर क्या बहार आएगी, जो उन पर आती है, जैसे शगूफ़ा खिला हो! तीन बजे लड़कियों का कॉलेज बन्द होता है, पर एक बजे पिछवाड़े के स्कूल में छुट्टी होती है। स्कूल के बच्चे दौड़ते, चहकते, ऊधम मचाते इधर से गुज़रते हैं। मैं तो घंटों खिड़की के पीछे बैठा रहता हूँ।''

''मैं तो आपकी बीमार-पुर्सी करने आया था, पर आप तो यहाँ मीना बाजार खोले बैठे हो।'' मैंने व्यंग्य से कहा।

''मुझे क्या हुआ है ? मामूली-सा क्रैक ही तो है। सो तो करीब-करीब ठीक हो गई है। सोचता हूँ, कल से घूमने जाऊँगा...''

''अभी आराम से पड़े रहें। जल्दबाज़ी न करें।''

''मैं अभी भी पार्क के आठ चक्कर लगा सकता हूँ। यह तो डॉक्टर ने ज़बर्दस्ती लिटा रखा है।''

तभी खिड़की के बाहर हँसती-बतियाती लड़कियों की एक और टोली जाने लगी थी। चोपड़ा ने झट से मेरी ओर पीठ मोड़ ली और उचककर बाहर की ओर देखने लगा। जितनी देर लड़कियाँ खिड़की के सामने से

गुज़रती रहीं, वह एकटक उन्हें देखता रहा। चली गईं तो मेरी ओर मुड़कर बोला :

"किसी सुन्दर लड़की को देखो तो कैसी कोमल भावनाएँ मन में उठती हैं! ऐसा है कि नहीं? जैसे संगीत की धीमी-धीमी लय हो!"

चोपड़ा मेरी ओर देखते हुए देर तक मुस्कुराता रहा फिर बोला :

"गो हाथ को जुम्बिश नहीं, आँखों में तो दम है
रहने दो अभी साग़र-ओ-मीना मेरे आगे।"

बबली

"वह तो नौकरीवाली है न, जी, साढ़े आठ बजे घर से निकल जाती है, उसका भी तो ख़याल रखना पड़ता है न, जी!" बबली बोली।

"तुम्हें सबका ख़याल है, बबली, सिर्फ़ मेरा ख़याल नहीं है," घर-मालकिन कहने लगी, "मेरे साथ तो तू मनमर्ज़ी करती है, कभी बारह बजे आ जाएगी, कभी एक बजे।"

"क्या करूँ जी, और घरों में भी तो काम होता है।"

बबली बातें भी करती जाती और बासन भी मलती जाती थी—दाएँ कन्धे से बार-बार कभी अपना पल्ला पीछे हटाती हुई, कभी माथे पर झूलती बालों की लट को हाथ से पीठ के पीछे फेंकती हुई। मिनटों में उसने बर्तन साफ़ कर डाले थे, और उसके तुरन्त बाद वह झाड़-पोंछ में लग गई थी।

"तू एक काम कर, बबली, मेरे घर में दो बार आना शुरू कर दे। सुबह आई तो आँगन धो दिया, मेरे लिए सब्ज़ी काट दी। दूसरी बार बेशक देर से आ, तब कपड़े धोना, चपातियाँ सेंकना, झाड़-पोंछ, यह सब कर।"

बबली चुप रही।

"क्यों, यह ठीक नहीं?"

"ठीक तो है बीबीजी, पर मैं पहुँच नहीं पाऊँगी।"

"क्यों?"

"नौ बटा बीसवाली की बेटी स्कूल से आती है न, बीबीजी, उसे चौराहे पर से लेकर घर पहुँचाना होता है। बस डेढ़ बजे पहुँचती है, मैं क्या करूँ?"

"पर उसे घर पहुँचाना तेरा काम तो नहीं है। इसके लिए कोई और बन्दोबस्त कर ले।"

"और कौन है जी, उनके घर में, साहिब दफ़्तर में होते हैं।"

"अच्छा, सुन," घर-मालकिन कुछ सोचकर बोली, "बेशक सफ़ाई का काम तू रोज़ नहीं किया कर। एक दिन सफ़ाई कर दे, एक दिन बाक़ी सारा काम। इस तरह तो वक़्त पर आ पाएगी न?"

बबली को कोई भी गृहिणी छोड़ती नहीं। घरों की बीबियाँ नियमित काम के अलावा दस काम और उससे करवा लेती हैं :

'बबली, जब जाओगी तो ये चिट्ठियाँ डाक में डालती जाना।'

'बबली, उसी तरफ़ से जा रही हो, बिजलीवाले से कहना, घर पर आए।'

'जाने से पहले मेरे पौधों को पानी देती जाना, बबली!'

वह काम में चुस्त है, और हाथ की साफ़ है, इस पर हँसमुख है। कभी उसके माथे पर बल नहीं आया। हँस-हँसकर काम करती है।

बबली क़ालीन पर ब्रुश लगा रही थी तब घर-मालकिन बोली, "तू चली जाएगी तो मैं क्या करूँगी, बबली?"

"और कोई मिल जाएगी, जी।"

इस पर घर-मालकिन उलाहने की-सी आवाज़ में बोली, "पागल, यह नहीं कहती कि मैं कहीं नहीं जाऊँगी, उल्टे कहती है, कोई और मिल जाएगी!"

"और क्या जी," बबली बोली और खिलखिलाकर हँस दी।

"सुन बबली," मौका देखकर गृहिणी ने कहा, "तू पाँच घरों में काम करती है न, तू उनमें से दो घर छोड़ दे, सिर्फ़ मेरे घर में काम कर। मैं तुम्हें अढ़ाई सौ दे दूँगी।"

"वे मुझे छोड़ें भी तो, जी," बबली ने हँसकर कहा, "बीबियाँ कहाँ छोड़ती हैं जी, कोई एक भी नहीं छोड़ेगी।"

"वे अपना फ़ायदा देखती हैं, तुम्हें चाहिए अपना लाभ। देखो, अपनी जान तोड़ने से तुम्हें क्या मिलेगा?" फिर घर-मालकिन, सोफ़े पर से पाँव लटकाए उसे समझाने लगी, "पाँच घरों में काम करती हो तो कम-से-कम बीस जनों का काम करती हो। एक-एक घर में चार-चार जीव तो होंगे। बीस जनों के बर्तन माँजती हो, बीस जनों के कपड़े धोती हो, पाँच घरों में झाड़ू लगाती हो। बोल, कितना काम हुआ? यहाँ सारे घर में कुल मिलाकर तीन

कमरे हैं और रहनेवाले कुल दो जने हैं, और मैं तुम्हें उतनी पगार देने के लिए तैयार हूँ, जितनी तू तीन घरों से कमाती है। बोल, इसमें तेरा लाभ है या नहीं?"

बबली सुन रही थी और मुस्कुराती जा रही थी, और साथ ही साथ क़ालीन पर ब्रुश भी लगा रही थी। बीबी ठीक कह रही थी, पर फिर भी वह बीबी की बात मानने के लिए तैयार नहीं थी।

आज सुबह बबली काम पर देर से पहुँची थी। पहली बस छूट गई थी, दूसरी बस आधे घंटे बाद मिली और उसका रास्ता भी लम्बा था। चालीस मिनट तो यों ही बस में निकल जाते थे और आज तो बस जाने किन-किन रास्तों से घूमती हुई पूरे एक घंटे में पहुँची थी।

बस में से निकलते ही वह भागती हुई बैंकवाली के घर पहुँची थी। बैंकवाली सुबह साढ़े सात बजे घर से निकल जाती है। बैंक तक पहुँचने में उसे भी पैंतालीस मिनट लगते हैं, और कुछ रास्ता पैदल भी चलना पड़ता है।

"मैं आ गई जी," बबली ने चहककर कहा। तेज़-तेज़ चलने के कारण वह हाँफ रही थी।

बैंकवाली मालकिन, सजी-धजी, कन्धे से बैग लटकाए फ़्लैट के बाहर ताला लगा रही थी तब बबली हाँफती हुई सीढ़ियाँ चढ़ आई। बैंकवाली ने मुड़कर देखा तो आश्वस्त हो गई।

"अब आई है, मरजाणी!"

"क्या करती जी, बस छूट गई।"

बैंकवाली ने मुड़कर ताला खोल दिया और चाभी बबली के हाथ में देती हुई बोली, "ले, पकड़ चाभी, झाड़ू-पोंछा करके कपड़े-लत्ते सँभाल देना, कुर्सी पर धुलाई के कपड़े रखे हैं। उन्हें इस्तरीवाले को दे आना। इधर सब्ज़ीवाले से एक पाव मटर, आधा किलो प्याज़ और पाव-भर भिंडी लेकर रख जाना।" और बैंकवाली बबली के हाथ में दस का नोट देती हुई सीढ़ियाँ उतर गई।

बैंकवाली जल्दी में थी, फिर भी कुतूहलवश चलते-चलते पूछ लिया, "तेरी सगाई का क्या हुआ?"

"टूट गई जी,"

"क्यों?.. अच्छा, कल पूछूँगी, देर हो रही है। कल वक़्त पर आना..." और बीबी सीढ़ियाँ उतर गई थी।

बबली भी अपनी जगह ख़ुश थी। हवा से अठखेलियाँ करती हुई-सी। एक घर से दूसरे घर में काम करने जा रही थी।

बैंकवाली के घर काम कर चुकने के बाद जब बबली सात बटा तीनवाली के घर पहुँची तो नौ बजनेवाले थे। बीबी मुचड़ी हुई, ढीली-ढाली नाइटी पहने आँगन में अपने गिने-चुने पौधों को पानी दे रही थी।

"आ गई तू?" मालकिन ने तुनककर कहा, "कहाँ मर गई थी इतनी देर? बबली, तू तो हड्डियों का साड़ा बनती जा रही है!"

बबली खड़ी हँसती रही थी।

"बस, आ गई, देख लो।"

"देर से क्यों आई?"

"पहली बस छूट गई थी, जी।"

"ले, पकड़," मालकिन ने बबली के हाथ में ख़ाली लोटा थमाते हुए कहा, "इस तरफ़ मैंने पानी दे दिया है। तू उधर, मोटर के पीछे देना। पानी की बाल्टी भरकर अन्दर से ले आना। कूलर को भी ऊपर से साफ़ कर देना...मैं अन्दर जा रही हूँ..." और वह अपनी नाइटी सँभालती अन्दर चली गई थी।

जहाँ बैंकवाली साढ़े सात बजे घर से निकल जाती थी, वहाँ सात बटा तीनवाली आठ बजे उठती थी। आज वह आठ बजे भी नहीं उठती अगर पानी के नल सवा आठ बजे बन्द नहीं हो जाते। बबली बैंकवाली के घर जाने से पहले यहाँ आती थी, गेट की चाभी उसी के पास रहती थी। वही गेट का ताला खोलती। वही आँगन का नल खोलकर रबर की नली से पौधों में पानी डालती, आँगन धोती और चाभी को बन्द दरवाज़े के नीचे से अन्दर खिसकाकर बैंकवाली के घर भाग जाती थी। सात बटा तीनवाली जब आँखें मलती हुई आठ बजे उठती तो सुबह की हवा में आँगन के पौधे नहा-धोकर, उजले-उजले, दाएँ-बाएँ हौले-हौले हिल रहे होते, झूम-से रहे होते तो घर-मालकिन का मन भी खिल उठता और अनायास उसके मुँह से निकल जाया करता था, 'इस मरजाणी बबली का बड़ा सहारा है। कैसा अच्छा आँगन धो जाती है!'

वहाँ भी आँगन धोने के बाद जब बबली अन्दर गई थी तो बीबी ने वही सवाल पूछा था, "तेरी सगाई का क्या हुआ?"

"टूट गई जी," बबली चटककर बोली थी।

"क्यों?"

"लड़केवालों ने कहीं और बात कर ली है।"

"पर अब तेरा क्या भरोसा, बबली, कहीं फिर से तेरी सगाई की बात चली तो तू नौकरी छोड़ देगी!"

सात बटा तीनवाली ने कुतूहलवश पूछा था, पर मन-ही-मन सगाई टूट जाने पर वह सन्तुष्ट भी हुई थी। बबली की सगाई हो जाती तो निश्चय ही उसे कोई इन्तज़ाम करना पड़ता। इन लोगों में चट सगाई और पट ब्याह जो चलता है। बड़ा झंझट उठ खड़ा होता। आजकल बबली जैसी लड़कियाँ मिलती कहाँ हैं?

"क्यों टूटी तेरी सगाई? तू तो मुझे नोटिस दे रही थी कि अपना इन्तज़ाम जल्दी कर लो!"

बबली हँसती हुई सिर झटककर बोली, "वह भी कहता था जी, बबली, बर्तन मलने का काम छोड़ दे तब हम सगाई करेंगे, पर मेरा बाप नहीं माना।"

"बर्तन मलना क्यों छोड़ दे? क्या उनकी जात तुझसे ऊँची है?"

"होगी, एक जात ऊँची है।"

"फिर तेरा बाप क्यों नहीं माना?"

"वह क्यों मानेंगे जी, मैं बर्तन मलना छोड़ दूँ तो हम खाएँगे कहाँ से?"

"तेरी माँ कितने घरों में काम करती है?" बीबी ने पूछा।

"दो घरों में।"

"बस? वह और घर क्यों नहीं पकड़ लेती?"

"वह दो घरों में काम करेगी जी। थक जाती है।"

"और तेरी बहन?"

"वह पढ़ रही है बीबी जी। स्कूल जाती है। वह चौका-बर्तन के काम को हाथ नहीं लगाएगी।"

"और तेरा भाई?"

"वह लड़का है जी। वह क्यों यह काम करेगा?"

"तो फिर सारा काम तू ही करती है? तू ही करेगी?"

"सही है, मैं ही करूँगी। मैं ही तो करती हूँ।" अपनी टुनटुनाती हँसी के साथ बबली बोली।

"इसीलिए कहती हूँ, क्यों अपनी जान तोड़ रही है? अकेले मेरे घर में काम कर...और तेरा बाप?"

"वह ढुलाई का काम करते हैं बीबी जी, वजन उठाते हैं। अपने ठेले पर लोहे की छड़ें, सरिए, ऐसा माल गोदाम से लादकर जगह-जगह पहुँचाते हैं...उन्हें पगार मिलती है जी," बबली ने गर्व से कहा।

तभी सहसा बबली उठ खड़ी हुई थी।

"मैं जाऊँगी जी, देर हो रही है।" और पल्ले से ही हाथ पोंछकर भागने को हुई।

"दूध तो पी जा, दासे पर रखा है।"

"कल पिऊँगी जी, अब देर हो रही है।" और बबली सीढ़ियाँ उतर गई।

बबली की सगाई का पिछला अड़ंगा सबसे ज़्यादा परेशान करनेवाला था। तब भी बर्तन-बासन छोड़ने की माँग आई थी, कि भांडे माँजनेवाली लड़की को हम घर की बहू नहीं बनाएँगे, और बबली के माँ-बाप ने बबली के सभी घर छुड़वा दिये थे और बबली दर्ज़ी का काम सीखने लगी थी। उन्हीं के घर के पास नानकू नाम का एक बूढ़ा दर्ज़ी बैठता था। उसकी तंग-सी कोठरी में बबली पहले कुछ दिन तो काज काढ़ती और कमीज़ों पर बटन लगाती रही थी। सिलाई का काम सीखते हुए बबली फिर से अपने दाम्पत्य जीवन के सपने देखने लगी थी। लड़का मोटर-ड्राइवर था। बबली की आँखों के सामने नए-नए नज़ारे घूमने लगे थे। उसका ड्राइवर पति, घर के सामने मोटर लेकर आया है, और उसे घुमाने ले जा रहा है। मोटर हवा से बातें करती हुई उड़ती जा रही है। ठंडी-ठंडी हवा बबली के मुँह पर थपेड़े मार रही है और उसके बाल उड़ने लगे हैं। बबली का दिल उल्लास से भर-भर जाता था।

फिर जब वह कटाई-सिलाई का काम कुछ-कुछ सीख गई थी और अपने हाथ से कपड़ा काटने लगी थी, उसे इस बात का विश्वास हो चला था कि वह काम सीख जाएगी और दो पैसे कमाने लायक हो जाएगी कि सहसा सगाई की बात टूट गई थी। लड़केवालों ने किसी दूसरी जगह ज़ुबान दे दी थी। इस बार जब बबली मुहल्ले में काम करने के लिए लौटी थी तब बीबियों के तेवर ज़रूर चढ़े थे। पूरे बीस दिन तक सगाई का मामला लटका

रहा था। एक बीबी ने तो दूसरा इन्तज़ाम कर भी लिया था। नौ बटा बीसवाली ने तो यहाँ तक कह दिया था कि अब कभी नहीं आई तो पैसे काटूँगी। पर फिर, बबली आख़िर बबली थी, उस जैसी लड़की और कहाँ से मिलेगी, और बबली फिर से अपने काम में जुट गई थी। और फिर से एक गली से दूसरी गली में भागती हुई कभी एक घर की सीढ़ियाँ चढ़ती, कभी दूसरे घर की सीढ़ियाँ उतरती नज़र आने लगी थी।

डेढ़ बजते-बजते बबली बस स्टॉप पर खड़ी थी। नौ बटा बीसवाली की बेटी की राह देख रही थी। बस ठीक पौने दो बजे पहुँच गई। बस में से उतरते ही बेटी ने स्कूल का थैला बबली के कन्धे पर डाल दिया और उसका हाथ पकड़कर झूमती-बतियाती हुई घर की ओर जाने लगी।

तीन बजे के आसपास वह अधेड़ उम्र की सरदारनी के घर बैठी उसके बाल काढ़ रही थी। वहाँ भी उसकी सगाई की चर्चा चल रही थी।

"चौका-बर्तन का काम नहीं छोड़ना बबली। जो भी कुछ कहता है, कहने दो। यह काम नहीं छोड़ना। इस काम में बरकत है..." सरदारनी सीख दे रही थी।

फिर वह भागती हुई दो घरों के लिए दूध लेने गई। बूथ चार बजे खुलता था पर आज लाइन लम्बी थी। पूरा आधा घंटा दूध ले जाने में ही निकल गया।

दिन ढल रहा था। जब बबली डॉक्टरनी के घर क़ालीन पर बैठी कपड़े इस्तरी कर रही थी, डॉक्टरनी अपने क्लीनिक जाने को तैयार हो रही थी। तैयार भी हो रही थी और बबली को समझा भी रही थी, "कहने को तो ससुरालवाले कुछ भी कहते रहेंगे, पर घर में लड़की की कमाई के पैसे आते रहें तो उन्हें अच्छा ही लगता है। अब जहाँ भी तेरी सगाई हो, काम करना नहीं छोड़ना, यह बात गाँठ बाँध ले, यही काम करती जा..."

शाम छह बजते ही बबली मुहल्ले में से भाग खड़ी हुई। तीन नम्बर की बस छह बजकर पाँच मिनट पर मिलती थी और सीधी उसकी बस्ती तक ले जाती है। बबली जब बस में बैठती है तो अस्तप्राय सूर्य की लाली घरों की छतों-दीवारों पर अभी खेल रही होती है और जब वह बस में से उतरती है तो अँधेरा घिर चुका होता है और वातावरण में धुआँ गहरा रहा होता है।

ऐसी ही स्थिति कुछ-कुछ सुबह के वक़्त भी होती है जब बबली काम पर निकलती है। वह बस में बैठती है, चारों ओर अँधेरा छाया होता है, पर

जब बस बीबियों के मुहल्ले में पहुँचती है तो सुबह की निखरी-निखरी धूप चारों तरफ़ छितरी होती है।

जब बबली घर पर पहुँची तो माँ ने कोठरी में दीया जला रखा था और बापू कोठरी के बाहर चुपचाप बैठा था।

"बापू, आज तुम काम पर से जल्दी लौट आए?"

उसका बाप चुप रहा। सिर पर उड़ते रूखे, खिचड़ी बाल, धूप में सँवलाया फूला हुआ चेहरा, गँदली आँखें।

"नहीं, उन्होंने मेरी छुट्टी कर दी है।"

बबली की नज़र बापू के दाएँ पैर की ओर गई। पैर पर मैली-सी थिगलियाँ बँधी थीं और पैर सूजा-सूजा लग रहा था।

"यह क्या हुआ बापू?"

उसी दिन सुबह जब उसका बाप लोहे के सरिये उठा-उठाकर ठेले पर लाद रहा था तो एक सरिया दाएँ पैर पर जा गिरा और ज़ख़्म हो गया। बबली के बाप ने ज़मीन पर से एक चीथड़ा उठाकर ज़ख़्म पर रखा और फिर से सरिया लादने लगा। उसने चीथड़े से ख़ून को पोंछा, फिर एक और चीथड़ा उठाकर ज़ख़्म को बाँध दिया और ठेला खींचने लगा। पर थोड़ी ही देर बाद टीस उठने लगी और जब बोझा उतारकर गोदाम की ओर लौट रहा था तो पाँव सूज रहा था और शरीर तपने लगा था।

गोदाम से घर की ओर वह चलने ही वाला था जब ठेकेदार ने उसकी छुट्टी कर दी।

'अब यह काम तेरे बस का नहीं है। घर पर बैठ।'

इस संक्षिप्त-से ब्यौरे से बबली के मन को आघात पहुँचा हो, ऐसा कुछ नहीं था। ऐसी घटनाएँ तो आए-दिन घटती रहती थीं। हाँ, पर यह गनीमत थी कि सगाई टूट गई थी और बबली बीबियों के मुहल्ले में जा पहुँची थी और उन्होंने उसे रख लिया था। बबली की सगाई टूट जाने से उसके माँ-बाप को केवल सदमा ही पहुँचा हो, ऐसा भी नहीं था, कुछ-कुछ सन्तोष भी हुआ था। कुछ-कुछ वैसा ही सन्तोष, जैसा पाँच घरों की बीबियों को हर बार बबली की सगाई टूट जाने पर हुआ करता था।

दो दिन तक बबली फिर काम से ग़ायब रही। बाप को ज़ख़्म के कारण ताप चढ़ आया था और उसकी दवा-दारू करना था।

"मैं आ गई जी," बबली ने नौ बटा बीसवाले घर में क़दम रखते ही पुकारा।

"तू कहाँ से टपक पड़ी बबली, मैंने तो सोचा, अब तू नहीं आएगी। कहीं और सगाई की बात चल पड़ी होगी!"

"अब कहीं नहीं जाऊँगी, लौट आई हूँ," बबली ने हँसकर कहा।

"कल फिर तेरी सगाई की बात चली तो तू फिर छोड़ जाएगी।"

"अब सगाई की बात नहीं चलेगी बीबी जी। अब बापू की नौकरी भी छूट गई है।"

बैंकवाली के घर गई तो उसने भी बबली को सिर से पाँव तक देखा। वह समझ नहीं पाई कि क्या बात हुई है। बबली बार-बार ग़ायब रहने लगी है। असमंजस में थी कि उसे रखे या नहीं रखे, जब उसकी बेटी लपककर बबली की बाँहों में जा पहुँची।

बबली आश्वस्त थी कि उसका काम फिर से शुरू हो गया। फिर से वही जानी-पहचानी आवाज़ें। पर जब बीबियों ने फिर से उसे रख लिया तो उनके मुतालबे भी बढ़ने लगे।

बबली ने दो घर और पकड़ लिये हैं। क्या करती? बहन सातवीं में पढ़ रही है, भाई गलियों में घूमने लगा है और बाप दिन-भर खाट पर बैठने लगा है। उससे कहो कि माल ढोने का काम न सही, कोई दूसरा काम कर लो, कहीं चौकीदारी का काम कर लो, कहीं चपरासी लग जाओ, तो वह खीजकर इनकार कर देता है। कुछ काम हैं जो वर्षों तक करते रहो तो उनकी आदत हड्डियों में घुस जाती है। बबली का बाप सारी उम्र बोझा ढोता रहा है, अब कोई काम उसे रास नहीं आता। कुछ कहो तो चिल्लाने लगता है।

दो घर और पकड़ लेने से बबली की भागमभाग और ज़्यादा तेज़ हो गई है। धीरे-धीरे समय बीतने लगा है। उसकी सगाई की चर्चा पीछे छूटने लगी है। धीरे-धीरे दूर होती जा रही है। उसके पिता के पाँव की चोट नासूर बन गई है। अब वह कोई भी काम करने लायक नहीं रह गया है। वक़्त बीतते न बीतते बबली सगाई की उम्र भी लाँघ जाएगी। दर्ज़िन या कुछ और बन पाने की उम्र भी। अब उसके पाँवों में स्फूर्ति की जगह स्थिरता आ गई है।

उत्सुकता के स्थान पर एक प्रकार की मूक उदासीनता। जब मोटर-ड्राइवर के साथ सगाई की बात चली थी तो दिल कैसे धक्-धक् करता था! एक बार वह मुआ सड़क पर सामने पड़ गया था तो ऊपर की साँस ऊपर और नीचे की नीचे रह गई थी। वैसा अनुभव फिर कभी नहीं हुआ। अब तो बबली को अपने भविष्य का कभी ध्यान नहीं आया। कभी-कभी उसकी आँखें यह देखकर चौंक-सी जाती हैं कि बाप बूढ़ा हो चला है, और माँ बड़बड़ाने लगी है, पर आगे क्या होगा, उसकी कोई धूमिल-सी रूपरेखा भी आँखों के सामने कभी नहीं उभरी। बस, वही कुछ तो देख पाती है जो दिन के उजाले में नज़र आता है। उसके आगे धुन्ध है, जिसमें किसी आकृति अथवा रेखा अथवा रास्ते का क्षीण-सा संकेत भी नहीं मिलता। उस गहराती धुन्ध में उसे कुछ नज़र आए, उसकी न तो अब कभी उसे इच्छा हुई है और न ही उसका इन्तज़ार रहा है।

आज सुबह बबली नौ बटा बीसवाली के घर पहुँची तो घर-मालकिन भभककर बोली, "यह कोई वक़्त है आने का, बबली? देख तो क्या वक़्त हो रहा है? अब देर से आई तो मैं पैसे काटूँगी।"

जवाब में बबली क्षीण-सी मुस्कान के साथ बोली, "क्या करती बीबी जी, पाँच बटा तीनवाली के सिर में दर्द हो रहा था। उसे छोड़कर कैसे चली आती?"

इस पर बीबी बरस पड़ी, "तुम लोगों पर तरस खाने का कोई फ़ायदा नहीं। देख तो मैंने तुम्हें कितनी चीज़ें दी हैं," और बीबी एक-एक चीज़ गिनाने लगी और फिर तर्जनी हिलाती हुई बोली, "अब दोनों कान खोलकर सुन लो। ठीक वक़्त पर नहीं आएगी तो अगले महीने से दूसरा इन्तज़ाम करूँगी।"

पहली बार जब एक गृहस्थी ने पैसे काटनेवाली बात कही थी तो दिल छलनी हो गया था, पर अब कोई गृहस्थी दहलीज़ पर से लौटा दे तो क्या, और जो चाय की प्याली पिला दे तो क्या, बबली को अब कोई फ़र्क़ नहीं पड़ता।

नौ बटा बीसवाली के घर से निकलकर जब वह सरदारनी के घर पहुँची तो और ज़्यादा देर हो चुकी थी। सात घरों का काम निभाना हो तो देर-सवेर

तो हो ही जाती है। सरदारनी के तेवर भी चढ़े हुए थे, "अन्दर क़दम मत रखना बबली, मैंने कह दिया।"

"क्यों बीबी जी?" बबली ने सहज भाव से कहा। जालीवाले दरवाज़े के पीछे खड़ी बीबी का तमतमाया चेहरा उसे नज़र आ रहा था।

"तूने तो हद कर दी। यह कोई वक़्त है आने का? दो बज रहे हैं। बारह बजे कहा था और दो बजे चली आ रही है। मेरे घर का काम तुमने मज़ाक समझ रखा है?"

इस पर बबली ने फिर सहज भाव से कहा, "क्या करती बीबीजी, मैं तो आ रही थी पर सात नम्बरवाली ने रोक दिया। कहने लगी—'मैं दो मिनट में सहेली के घर से अपनी साड़ी ले आऊँ, तू घर पर बैठ। बस, मैं अभी लौटी कि लौटी,' पर लौटी एक घंटे के बाद..."

"अब तू उसी के घर में बैठ। उसी का काम कर।" और बीबी ने फटाक से दरवाज़ा बन्द कर दिया।

बबली चुपचाप खड़ी रही, और फिर दूसरे घर की ओर चल दी।

[*सारिका*, अगस्त, 1990]